文庫

沈黙の追跡者

笹沢左保

徳間書店

目次

[design : coil]

彼は、言葉を失った。言葉を失った人間ほど孤独なものはない。彼に残された音声は、メロディのないハミングに似た鼻唄だけだった。彼はたまに誰もいないところで、そのハミングを洩《も》らす。孤独な男の、調子っぱずれの唄であった。

第一章

背を向けられた男

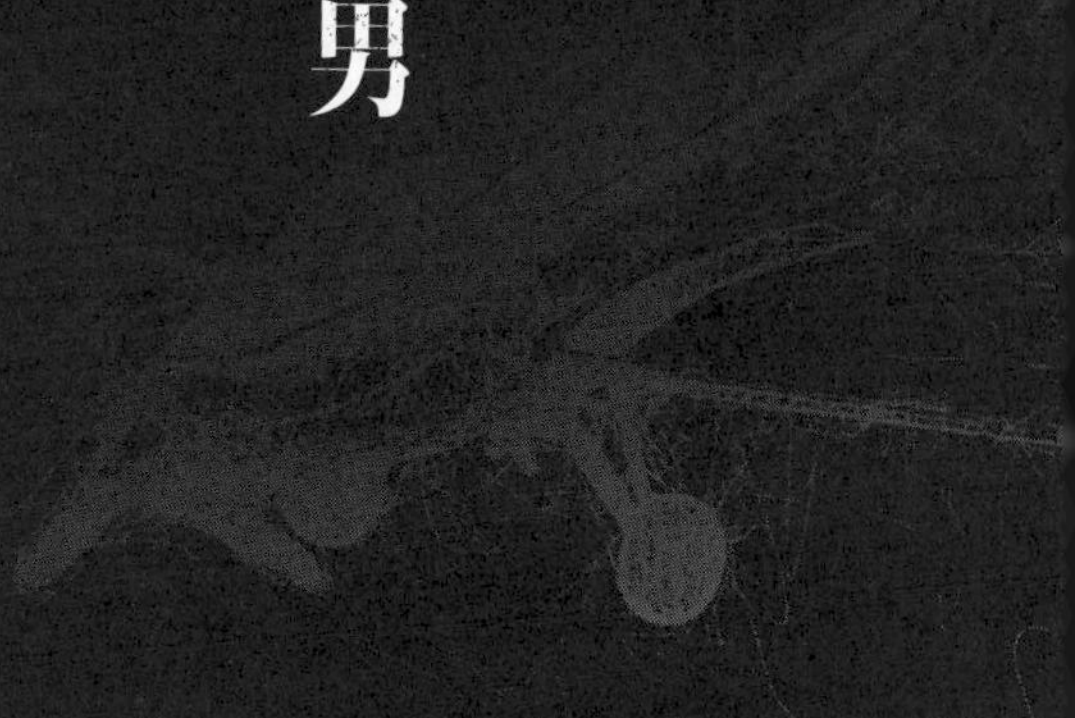

1

　万福観光ホテルの十階は、客用にはまったく使われていなかった。約半分を『万福観光株式会社九州支店』と、『万福観光九州開発本部』の事務所が占領していた。そのほかに会議室があり、あとの残りが社長専用の部屋になっている。いわば社長が九州へ来ているときの私邸で、応接室、居間、寝室などがあった。

　大川美鈴は夜の八時に、この社長の私室を訪れた。姫島社長は、明日帰京する。その打ち合わせに、呼ばれたのであった。打ち合わせと言っても、姫島社長が喋《しゃべ》ることを大川美鈴がメモするだけであった。社長秘書というのも名目だけで、大川美鈴にはそんな能力がなかった。姫島社長は義理で大川美鈴を社員にしているのだし、ほんの雑用しかさせないのである。

ドアをノックしたが、返事はなかった。ドアをほんの少しあけると、激しく水の流れる音が聞こえた。姫島大作は、浴室でシャワーを浴びているらしい。大川美鈴は、部屋の中へはいった。そこは居間になっていて、正面にガラスの扉で仕切られたテラスがあった。

大川美鈴はガラスの扉に近づいて、外の夜景を眺めやった。

見馴《みな》れているが、相変わらず豪華で美しい夜景だった。別府温泉には、海がある。小さいながら港がある。しかも、海には航路がある。別府温泉の夜景の美しさには、そうした海のロマンチシズムが影響しているのだった。大分市に通ずる海岸線、別府湾、背後の鶴見岳とその高原に点在する灯が夜景のスケールを大きくしていた。

大川美鈴は、その華麗な夜景の中に自分の姿があることに気づいた。ガラスに、そっくり彼女が映っているのである。ペーズリー風のクラシックな模様を淡いブルーで浮き上がらせたウールプリントのブラウスに、鮮やかなコバルト・ブルーのスカートが、よく似合っているような気がした。

大川美鈴はどちらかと言えば痩《や》せて見えるが、肝心な部分の肉付きはいいほうであった。胸の隆起も弾力に富んだ豊かさを見せ、厚味のある腰の曲線も肉感的であった。それでいて均整のとれた肢体が何となく初々《ういうい》しい感じなのは、やはりその清純で繊細な容貌のせいだった。大川美鈴は、二十三歳になる。色白で、瑞々《みずみず》しい美人であった。

何よりも、気品がある。知的というよりも、清潔感を強く印象づけた。非常に複雑なガラス製品のように、乱暴に扱うとすぐ壊れてしまいそうな弱々しさが感じられた。やや暗い感じの切れ長な目、別の生きもののように特徴がある可憐な唇などが、男の庇護《ひご》本能を刺戟《しげき》した。

大川美鈴はガラスに向かって、いろいろなポーズをとってみた。足を開き、両手を斜めに高く差し上げた。胴のくびれと、くっきりと半球形を描いた二つの乳房が、ひどく煽情的だった。次に、腰を左右に激しく振ってみた。人前では、できないことだった。大川美鈴は、次第に大胆になった。裾《すそ》の両端を指で摘まんで、スカートを太腿《ふともも》の付け根まで上げてみた。

むっちりとした太腿を合わせると、線ほどの隙間もできなかった。膝から下が長く、われながら脚線が美しいと思った。身体《からだ》をくねらせながら、小さな円を一周した。踊っているつもりだった。五月の中旬で、締めきってある室内はやや蒸し暑かった。美鈴は、じっとりと汗ばんだ。

軽く目を閉じて、美鈴は喘《あえ》ぐような横顔になった。不意に、彼女はキャッと悲鳴を上げた。後退しているうちに、何かの間にすっぽりとはいってしまったのである。一瞬にして、それが人間だとわかった。身体の両側には太い腕があり、彼女の背中が密着しているのは逞《たくま》しい男の胸板であった。美鈴は、反射的に逃げようとした。しかし、男は彼女を背後からかかえ込んで、それを許さなかった。

いつの間にか、浴室のシャワーの音がやんでいた。しかも、美鈴を抱きかかえている男は上半身、裸であった。胸も腕も、まだ湿っている。姫島大作は数分間前から、美鈴のいろいろなポーズを盗み見していたのだ。それは、かなり刺戟的なポーズだった。やがて美鈴が目を閉じて踊り出したのを見て、姫島大作は室内へはいり込み彼女を捉えたのであった。

「放して！」

美鈴は、姫島大作の腕の中で暴れた。

「見てしまったんだよ。君の悩ましい姿を……」

姫島は、美鈴の耳に熱い息を吹きかけた。

「いや！　お願いです、社長さん」

「君のようなお嬢さんが、あんな姿を見せるなんて、そりゃもう素晴らしかった。久しぶりで、興奮させられたよ」

「放して下さい！」

「そんな罪なことってないだろう。それに、わたしはね、ずっと前から君には参っていたんだ。ただ君がまだ花開かない蕾《つぼみ》のような気がしたので、今日までじっと我慢をしていたんだよ」

姫島大作は、美鈴の耳の下あたりに唇を押しつけた。

「やめて！」

美鈴は、首をすくめた。姫島の腕を振りほどくことは、不可能に近かった。暴れると、それが逆効果になった。少しずつ、姫島の腕の中で身体が回転してしまうのである。男の腕は鋼鉄のように固く、力も強かった。万福観光株式会社のワンマン社長、姫島大作はまだ四十五歳の若さであった。

青白きインテリ社長と違い、筋骨隆々として健康そのものの男盛りである。背はそれほど高くはないが、いい体格をしている。黒々とした胸毛が、彼の自慢であった。姫島大作はかつて、福岡県田川市に本社を置く筑豊炭田の名門『三星炭坑』の総務部長だった。その三星炭坑の社長が美鈴の父親大川俊太郎であり、姫島大作をひどく買っていたのだ。

ところが、姫島はその信任を裏切った。大川俊太郎が脳軟化症で倒れると、姫島は会社が倒産したものと見せかけて、三星炭坑を閉鎖した。閉山ということで従業員たちが散ったあと、姫島は某代議士を通じて三星炭坑を大手の会社に売り払ったのである。姫島はその代金を資本に、観光事業を始めた。彼はやり手であり、実力もあった。わずか五、六年の間に、万福観光は一流企業にのし上がった。東京都下の広大な遊園地に、熱海、京都、白浜、別府の観光ホテル、伊豆と南軽井沢の別荘地と事業拡張はまさに日の出の勢いだった。札幌のホテルが来月にオープンするし、現在は九州阿蘇山麓の別荘地と長崎県のドリーム・ランド、五島列島の小島を買収しての海の遊園地などを開発中だった。

当人は将来の日本の観光王だと豪語しているが、それも決して夢ではないようだった。一方、大川俊太郎は三年前、不遇のうちに病死した。姫島大作も、いささか心に咎《とが》めたのに違いない。娘の美鈴を家族同様に引き取り、秘書という名目で高給を支払っていた。美鈴と一緒に、姫島はもう二人の男を、万福観光の社員として優遇していた。峰岸嘉平と、その息子の敏彦であった。

峰岸嘉平は、大川家の先代の番頭であった。大川俊太郎の時代になっても、引き続き秘書のような役目を果していた。もう六十五になるが、昔気質《かたぎ》の忠義者という頑固一徹な男で、いまもなおお嬢さまと呼ぶ美鈴の忠実な保護者になっていた。その息子の敏彦は東大出のインテリだが、父親に似て大川家の恩というものに固執していた。

姫島がこの峰岸父子を招聘《しょうへい》したのは、もちろん美鈴の保護者代わりだということがあったからである。しかし、それだけの理由ではなかった。例の三星炭坑閉鎖の舞台裏を、峰岸嘉平が知っていそうだという不安もあったからだった。姫島は万福観光の社員として優遇することによって、峰岸父子の敵意や反感を柔らげようと策したのであった。

姫島は峰岸嘉平に本社顧問、息子の敏彦に本社秘書課長というポストをそれぞれ与えていた。今回の姫島の九州出張にも峰岸父子は同行して、この別府の万福観光ホテルに泊っているのだった。美鈴も同じ六階の一室に、この一週間滞在していた。今夜はたまたま帰京の打ち合わせをするからと呼ばれて、姫島の部屋を訪れたのである。

だが、そこには思いがけないハプニングが、待ち受けていた。美鈴をここへ呼んで、自分のものにする。姫島は計画的に、そのような罠《わな》を仕掛けたのではなかった。これまでも二人だけになることは珍しくなかったし、襲いかかるチャンスは幾らでもあった。しかし、姫島はただの一度も、そうした素振りさえ見せなかった。

姫島は今夜初めて、美鈴に女を意識したのに違いない。誰も見ていないと信じて、美鈴は大胆なポーズをとった。それを偶然、浴室から出て来て姫島はドアの隙間から、覗《のぞ》き見したのだ。無心に戯れている美鈴の姿態に、新鮮なエロチシズムを感じたのであった。彼女の初々しさが、セーラー服の女学生に対する四十男の発情を促したのである。

「ダイヤモンドがいいかい。それとも、スポーツ・カーか。欲しいものを、言ってごらん。

何でも買ってあげるよ」

姫島は、美鈴の唇を追った。二人はもう、完全に向き合っていた。胸を合わせると、美鈴は身動きできなかった。彼女はのけぞり、顔をそむけて男の唇を避けた。

「奥さんに、言いつけます！」

美鈴は、甲高《かんだか》い声で叫んだ。

「構わんさ。ルリ子はね、わたしが何をやろうと無関心な女なんだよ」

姫島は、ニヤリと笑った。この場限りの強がりではなかった。事実、そうなのである。

姫島は十年前に、妻を病気で亡くしていた。彼が再婚を考えたのは、万福観光が軌道に乗ってからであった。姫島は再婚の相手として、名家の娘を望んだ。貧農の家に生まれたことと、小学校卒の学歴が姫島にとってはひどいコンプレックスだったのである。

そうした男が金を摑《つか》むと、次に欲しがるのは社会的な格といったものだった。いわゆる成金趣味で、名門の出の女を嫁にしたがる。姫島大作は、昭和初期の九州財閥の雄とされていた家から、嫁を迎えることにした。再婚したのは二年前で、花嫁は離婚の経験を持っていた。名前はルリ子、姫島とは十八違いで現在まだ二十七歳であった。

ルリ子は、病的に美しい女だった。見るからに、お高いという印象を与えた。二十一でイギリス人と結婚して、一年たらずで離婚していた。趣味は絵画と彫刻で、五カ国語を自由に操った。姫島とは、教養の点で差がありすぎた。外見も内容も、貴族的だった。もちろん、気のすすむ結婚ではなかった。周囲から、無理に押しつけられたのである。

ルリ子は、完全な人形だった。姫島の妻になってから、笑顔というものを見せたことがなかった。そのようなルリ子には、ひどく投げやりであると同時に、神秘的な翳《かげ》りが感じられた。姫島には、決して逆らわなかった。しかし、ただそれだけのことだった。ルリ子には、意志というものがないのである。互いに、愛し合ってもいない。形だけの夫婦であった。

ルリ子は殆《ほとん》ど東京の家を離れなかった。旅行する場合は、ひとりで外国へ行くと決まっていた。姫島と一緒に、九州や北海道へ行くということもしない。姫島も、ルリ子を連れて行こうとはしなかった。夫が女を抱こうと愛人を作ろうと、ルリ子はまったく無関心であった。嫉妬《しっと》しないのである。妻は夫を、軽蔑《けいべつ》しているだけだった。

「お願い、堪忍して！」

そう叫んだところで美鈴は、姫島の唇によって口を封じられた。唇を重ねながら、姫島は美鈴をソファに押し倒した。美鈴は姫島の顔を押しのけて、唇を離した。彼女は口を、姫島の左腕に押し当てた。そこに歯を立てると、思いきり強く噛《か》んだ。姫島は慌てて、左腕を引っ込めた。その隙に美鈴は立ち上がった。

彼女は激しく肩で息をしながら、姫島を睨《にら》みつけた。その緊張しきった顔に、肩まで垂れている髪の毛が散った。背中のファスナーをはずされて、ブラウスの前が緩んでいた。ブラジャーに押し上げられた胸の隆起が、白桃のようなその一部を覗かせていた。そうした美鈴の姿が、一層男の血を熱く煮え立たせた。

それに姫島には、左腕に激痛を与えられた怒りがあった。自分に反抗する美鈴に、腹を立てていた。何のために飼っているのかと、ふとそんな気がした。こうなったら意地でも征服してやると思った瞬間、姫島の右手が美鈴の頰へ飛んだ。平手打ちだった。強烈な一撃である。美鈴の上体が、グラリと傾いた。乾いた音が、同時に響いた。

「ひっ！」

美鈴は恐怖と驚きの叫び声を上げた。殴られるのはもちろん、男の凶暴さを見せつけられたのは生まれて初めてのことだった。今度は、姫島の左手の一撃が、美鈴の顔を襲った。美鈴は大きくよろけて、フロア・スタンドを押し倒した。姫島は彼女のブラウスの衿元《えりもと》に手をかけると、荒々しく引っ張った。逃げようとした美鈴のブラウスが、スカートのところまで引き裂かれた。

美鈴は両手で胸をかかえるようにして、ソファの後ろへ回った。ブルーのハイヒールが、床の上に転がった。姫島は身軽く、ソファを跳び越えて来た。逃げる美鈴のスカートが、乱暴に引きおろされた。彼女は鉢植えの棕櫚《しゅろ》の木に縋《すが》りついた。棕櫚の鉢植えが倒れて、黒土が床に散乱した。尻餅を突いた美鈴のパンティ・ストッキングを、姫島が手繰《たぐ》り寄せるように引っ張った。

美鈴は、四つん這《ば》いになって逃げた。追い縋った姫島が、背後からスリップを横裂きにした。悲鳴を上げて身体をよじった美鈴は、そのまま熱帯魚の水槽が置いてあるテーブルの脚を強く押す恰好になった。テーブルの脚の一本が折れた。一メートル四方はある水槽が、床へ滑り落ちた。美鈴は、頭から水を浴びた。水槽は床を転がって、水がどっと流れ出た。

姫島はビショ濡《ぬ》れになった美鈴の顔に、立て続けに平手打ちを食わせた。姫島はブラジャーを引きちぎると、美鈴を押さえ込んだ。彼女は組み敷かれながら、なおも抵抗を続けた。絨毯《じゅうたん》の上は鉢植えの土と流れ出た水槽の水で、まるで泥沼みたいであった。そこへ転がり込んだ美鈴の白い裸形は、たちまち黒く汚れた。

「許して！　お願い！」

美鈴が、泣いている顔で絶叫した。だが、姫島は容赦《ようしゃ》なく、彼女の膝を割った。突然、美鈴が殺されそうな悲鳴を発した。姫島が強引に、埋没を果たしたのである。美鈴の悲鳴は長く続き、絶望的な余韻《よいん》を残して消えた。それっきり、彼女は声も立てず動かなくなった。あとは姫島の激しい律動と息遣いが、室内の静寂を支配した。

このとき、部屋の前の廊下に、ひとりの男がうっそりと佇《たたず》んでいた。長身で、やや猫背であった。三十すぎの色の浅黒い男で、彫りの深い顔立ちに暗さがあった。男っぽいが、ひどく虚無的な感じがした。白いズボンに白いポロシャツを着て、左手に薄い黒皮のジャンパーを持っていた。室内の物音や美鈴の声は、この男の耳にも達していた。

だが、男はドアをあけてみようともしなかった。無表情であった。室内が静かになっても、男は知らん顔で廊下の壁に凭《もた》れかかっていた。十数分がすぎた。不意にドアが勢いよくあいて、美鈴がよろよろと廊下へ出て来た。ボロみたいな衣服で、身体を包んでいた。髪の毛はズブ濡れだし、顔や四肢は泥だらけであった。

雨の日の長靴を拭いたボロ雑巾のような美鈴は、夢遊病者みたいにふらふらしながらエレベーターのほうへ去って行った。彼女は、ドアの陰にいた男に気づかなかった。美鈴の姿が消えるのを待って、男はドアの陰から出た。室内を見ようとしなかった。男は室内に背を向けて、ノック代わりにドアの脇の柱を叩いた。

「フライト・プランなんですがね。明日は東京へ直行ですか、それとも長崎へ寄るんですか」

男は、低い声で言った。およそ無愛想な、口のきき方であった。

「まだ、わからん。明日の朝になってから、決める」

室内から、不機嫌そうな姫島の返事があった。男は黒皮のジャンパーを肩に担ぐと、黙って部屋の前を離れた。男は廊下を歩きながら、哀調をおびたメロディのハミングを低く流した。彼は朝日奈順、三十二歳、姫島社長の自家用機のパイロットであった。

2

翌日は、晴天だった。朝日奈順は、大分空港で姫島社長の到着を待っていた。今朝、別府市内の旅館にいた朝日奈順のところへ、万福観光の矢ノ倉専務から連絡があった。姫島社長が午前十一時に大分空港を出発して、東京へ直行するというのである。朝日奈順は急いで、大分空港に駆けつけた。

空港の隅で、軽飛行機の整備を始めた。姫島社長自慢の自家用機であった。全国各地に手を広げる観光事業家にとって大切なのは、いつどこへでも飛んで行ける機動性だというのが、姫島の持論であった。日本も自家用機の時代だと、彼が軽飛行機を買い込んだのは一年前である。そのときから朝日奈順は、募集に応募して選ばれた『ヒメ号』のパイロットだったのだ。

『ヒメ号』は真紅とクリームに塗り分けられた派手な機体で、フランス製の軽飛行機だった。ジョデルＤ一四〇ムスクテールで、木製の四座機である。後部座席が、担架一つぐらいは収容できるほど広い。旅行用、練習用のほかに、軽患者輸送機としても使えるわけだった。燃料容量二二〇リットル、最大速度二五五キロ、巡航速度二〇〇キロ、上昇限度五〇〇〇メートル、離陸距離三〇五メートル、最大航続距離一四〇〇キロ、基本価格五六一万円のＤ一四〇Ｅ型であった。

朝日奈順は、操縦席でマスター・スイッチを入れ、燃料の点検をした。それがすむと空気取入口、尾翼の舵面、補助翼、タイヤ、燃料タンク、エンジン・オイルなどのチェックを終えた。燃料は、満タンである。大分から東京まで直行するには、航続可能距離ギリギリを飛ぶことになるのだ。

朝日奈順の、最も楽しい時間であった。これから大空へ舞い上がると思うと、何も文句はないのである。彼は、飛行機だけが生き甲斐であった。飛んでいるときに、自分の存在を感ずるのだった。パイロットになったのも、生活のためではない。飛行機に乗りたいからであった。職業は二の次であり、飛ぶのが生きることだからパイロットになったのだ。

朝日奈は、戦争で父親と兄を失った。兄は海軍の戦闘機乗りだった。父親は陸軍参謀として、あちこちに派遣された。二人とも、乗っていた飛行機が墜落して死んだのである。

母親は、病気で死んだ。家庭を持つならパイロットをやめてから、という母親の遺言だった。朝日奈順が未だに独身でいるのは、そのせいであった。今後も、結婚することはないのに違いない。彼にパイロットをやめる気は、毛頭ないからだった。

朝日奈は、天涯孤独の身であった。友人もいなかった。親しい知り合いを持たないのである。女を愛したこともない。子どもが欲しいとも思わなかった。彼にとっては飛行機が、肉親であり親友であり知人であり妻であり子どもであるからだった。朝日奈は、無口であった。会話は飛行機との間で交わされ、それには言葉を必要としないためである。

午前十時半に、矢ノ倉専務が自動車で空港へ来た。別府の万福観光ホテルのボーイが、二人一緒だった。姫島社長の姿は、見当たらなかった。二人のボーイが、大型のトランクとスーツ・ケースを、『ヒメ号』へ運んだ。トランクもスーツ・ケースも姫島がいつも使っているものだった。

黒い皮ジャンパーを着込みながら、朝日奈は矢ノ倉専務に声をかけた。

「社長は……？」

「君にとっては、ハード・スケジュールになりそうだ」

矢ノ倉専務は、同情するように顔をしかめて見せた。矢ノ倉専務は、姫島社長の片腕と言われている。しかし、四十五歳の社長に対して、専務は六十歳であった。それでも、血色がよくて、顔色がピンクだった。頭は見事な銀髪で、外交官といった感じの上品さと洗練された雰囲気を具《そな》えていた。

「どうなるんです」

朝日奈は、表情のない顔で訊《き》いた。

「東京へ帰って本社へ荷物を届けてから、もう一度大分へ引き返して来いというんだよ」

矢ノ倉専務は後部座席へ荷物を運び入れているボーイたちを振り返った。

「それで、社長は？」

「これから、われわれを引き連れて、阿蘇山麓の開発状況を見に行くと言い出したんだ。言い出したら最後、聞かんからね」

「こっちは、構いませんよ」

「ご苦労だけど、頼むよ。トランクには奥さんに頼まれた品物がはいっているので、急いで自宅へ届けるよう、本社の秘書課の誰かに伝えて欲しいそうだ」

「わかりました。荷物の中に、危険物ははいってないでしょうね」

「わたしが一応、点検しておいたから大丈夫だ」

「もう一つ、困ったことがあるんですがね」

「何だね」

「フライト・プランの許可がもう出ているんですが、ＰＯＢに2と記入してあるんです」

「なるほど……」

フライト・プランを飛行場の航空保安事務所に提出するとき、該当欄にいろいろと記入しなければならない。その中に、ＰＯＢ『乗員及び乗客』の欄がある。当然のことながら、そこに2と記入した。ところで姫島社長が乗らないとすると、それを1と変更しなければならないのだ。

「まあ、いいじゃないか。このまま飛んでしまえば、わからないだろう」

矢ノ倉専務が言った。

「しかし……」

姫島社長の気紛れには馴れている。だが朝日奈としては、飛行機に関する限り規則違反をしたくなかったのである。

「何かあったら、責任はわたしが持つよ」

矢ノ倉専務は、背のびをするようにして朝日奈の肩を叩いた。

「じゃあ……」

思い切りよく、朝日奈は機内に乗り込んだ。矢ノ倉専務が後部座席を覗き込んで、確認するようにトランクやスーツ・ケースに手を触れた。朝日奈は安全ベルトをしめ、風防ガラスのロックを確かめた。スターター・ボタンを押す。プロペラが回転を始めて、機体が細かく震動した。髪の毛や服を風に吹き上げられて、矢ノ倉専務やボーイたちが逃げるように機体から遠ざかった。

管制塔から、地上滑走と離陸の指示があった。朝日奈は、右手の親指を立てた。地上員が車輪止めを取り除いて、オーケーの合図を送って来た。朝日奈はニコリともせずに、手を振っている矢ノ倉専務のほうを見やった。機体は前進を始めた。滑走路の端まで行った。飛行機の離着陸が多くない大分空港では、それほど待たされなかった。

間もなく管制塔から、離陸の許可があった。スロットルを全開にした。『ヒメ号』は、滑走を開始した。滑走速度六十五マイル、操縦桿を引いて機首を上げる。時速七十マイルで車輪が地面を離れ、機体がふわっと浮いた。『ヒメ号』は、ぐんぐん上昇を続ける。朝日奈のいつものハミングが、ここで洩《も》れる。機体が上昇するとき、ハミングするのは彼の癖であった。

『ヒメ号』は、紺碧《こんぺき》の空へ吸い込まれて行った。眼下に、海が広がった。五月中旬の日射しを受けて、海は青い羊皮紙のように見えた。高度六千五百フィートで、水平飛行に移った。北東の風が強く、機体は南へ流れようとする。朝日奈は、サン・グラスをかけた。東京についたら、新橋にある万福観光の本社まで行かなければならない。

東京は、調布飛行場へ着陸する。調布と新橋の間を往復するのに、時間がかかりそうであった。夜間飛行は、原則としてやらないことになっている。夕方になったら、今日のうちに大分空港へ引き返して来ることは不可能だった。世田谷の下北沢にあるアパートへ帰り、明日の朝早く調布飛行場を飛び立つほかはなかった。

朝日奈の生活範囲は、極端にせまかった。肉親や親戚といった血縁者がまったくいないせいもあるし、飛行機にしか興味がないという彼の特異性も原因していた。朝日奈は世田谷区下北沢の『徳丸荘』というアパートに住んでいるが、知っているのは管理人の四十女だけであった。同じアパートの住人とは、顔を合わせたこともなかった。

万福観光の本社へ行っても、知っている顔は一つもない。口をきいたことがあるのは、姫島社長、矢ノ倉専務、秘書課長である峰岸敏彦、その父親の峰岸嘉平、それに大川美鈴ぐらいのものだった。社長夫人のルリ子ともまだ会ったことがなかった。あと知り合いと言えば、朝日奈が食事をしに行く下北沢の天平食堂の主人とその娘といった程度である。

現在のところいちばん親しいのは、やはりヒメ号であった。

そのヒメ号のエンジンの不調には、朝日奈は特に敏感であった。目や耳で確かめる前に、不調を身体で感じるのだ。朝日奈は、サン・グラスをはずした。思わず顔をしかめていた。機体が、妙な浮き方をするのだった。重量を失ったように、ふわふわっと流される。プロペラの回転が、弱まっているのである。

エンジンの音も、弱々しくなっていた。カラカラと、プロペラが空転する音がした。離陸前のチェックは完全であり、故障することは考えられなかった。しかし、現実にはプロペラの回転が鈍っている。各種の計器に、目を走らせた。とたんに朝日奈は表情を強《こわ》ばらせた。

左タンクの燃料計の針が、ゼロに近いところを示していたのである。右タンクの燃料計も、大して変わらなかった。こんな馬鹿なことが、と思った。大分空港で、満タンにしたばかりだった。それが、わずかな時間でゼロになってしまう。しかも、左右両タンクから、燃料が消えたのであった。

下は、陸地である。前方に山が見えた。四国の上空を、南へ流されているのであった。十メートル三十センチの主翼が、不気味に軋《きし》み始めた。飛行機そのものの力を失い、風の影響を強く受けるようになったのだ。失速して、みるみるうちに高度が落ちて行った。燃料がないのだから、墜落を避けることはできなかった。

不時着も考えた。大分、松山、高知の各空港へ同じくらいの距離のところにいる。しかし、飛行機を飛ばすことができないので、目ざす方向へも行けないのである。万事休すであった。朝日奈は、無線用マイクを手にした。コールを続けたが、雑音が多くてなかなか応答がなかった。

プロペラが、完全に停止していた。ヒメ号は、再び海の上に出ていた。四国の南の海へ抜けたのである。左後方に足摺岬が見えた。かなり、大きな島が右下をすぎて行った。沖ノ島に違いない。その近くに、小島が点在している。静寂が流れ、風の唸《うな》り声だけが聞こえていた。

ようやく、応答があった。何と九州の宮崎空港が、朝日奈のコールをキャッチしたらしい。しかし、雑音がひどい。先方の声も、途絶えがちであった。朝日奈は言うべきことを一方的に伝えて、無線連絡をやめた。相手に通じようと通じまいと、どうでもよかった。今更、救助を求めても、間に合わないのであった。

朝日奈は機体を水平に保ち、風に乗るようにして下降を続けた。父親や兄と同じように、おれも飛行機で死ぬ。彼はふと、そう思った。死の恐怖は感じなかった。脳裡に浮かぶ人の顔もない。ただ耳の奥に、自分と女のやりとりが甦《よみがえ》った。その女は天平食堂の娘である洋子であった。五日ほど前、朝日奈と洋子の間で、その通りのやりとりがあったのである。

「順さんが、パイロットをやめたらなあ」

「やめないよ」

「すぐにでも、順さんのお嫁さんになってあげるんだけどなあ」

「結構だ」

「パイロットのほかに、おれには何ができるんだ。どうやって、食べて行くんだ。そう言いたいんでしょ」

「別に……」

「その点なら、心配することはないんだけどなあ。順さん、天平食堂のお婿さんになるんだもの」

「何でも、勝手に決めるんだな」

「ねえ、順さん、わたしのこと好き？」

「さあね」

「わたしは、順さんと結婚したいのよ」

「そうかい」

「じゃあ、わたしと飛行機と、どっちが好き？」

「飛行機さ」

「まあ、はっきり言うのね！」

それほど好きな飛行機と心中するなら、悔いることはないだろうと朝日奈は苦笑した。

海面が、眼前に迫って来た。朝日奈は、頭上の風防ガラスをあけた。ヒメ号の脚が、接水した。片方の脚が折れるようなショックが、機体に伝わった。次の瞬間、機首から着水した。怒濤《どとう》のような海水が襲って来て、両側で真白な泡を噴き上げた。

凄まじい衝撃であった。安全ベルトが引きちぎれて、朝日奈は弾《はじ》き飛ばされていた。そのときの彼には、もう意識がなかった。木製なので、主翼、尾翼、胴体とばらばらになりながら、ヒメ号は海面に浮いていた。その木の破片の一つに、海上へ投げ出された朝日奈の両腕が自然にかかったのであった。

3

意識がはっきりしたとき、なぜ自分がこんなところにいるのか朝日奈順にはわからなかった。顔の上にあるのは、暗い天井だった。右側には上半分が障子になっている板戸が、並んでいた。左側は、穴だらけの古い襖《ふすま》であった。だだっ広い部屋にいることは、間違いなかった。畳は赤茶けているし、あまり上等な部屋ではない。

朝日奈自身は、シーツのない湿った蒲団の上に寝かされていた。最近ではあまり流行《はや》らない氷嚢《ひょうのう》を、頭の上にのせている。枕も、赤っぽいゴムの水枕であった。何となく、生臭かった。魚屋の店先にいるようである。足許《あしもと》のほうに、男と女がいた。男は五十前後の、髪の毛の乱れた田舎の教師というタイプだった。

女はモンペ姿で、頭に手拭《てぬぐ》いをかぶっていた。四十をすぎているが、色が真黒でもう色気も何もないという感じの女である。女はこの家の人間らしい。男のほうが、黒い鞄から薬のようなものを取り出した。

「熱が高くなったら、こいつを飲ませろや」

男が薬らしきものを、女の荒れた手の上に置いた。メガネがずり落ちそうになるのを気にする男の顔は、およそ貧相であった。しかし、それでも男は医師なのだ。ネクタイも締めず、よれよれの背広を着ているのも、医者らしくない感じだった。

「それで、どんなもんですかね。死ぬっていうようなことは……」

女が、不安そうな顔で医者を見やった。

「命に別条はねえよ。疲労が、ひどいだけだ。まあ、ゆっくり休ませてやれ」

医者は、自信たっぷりに頷《うなず》いた。

「だけんど、都会の若い人っていうのは、無茶なことをしますなあ」

女は、視線を朝日奈の寝姿へ移した。

「ボートに乗って、そんな沖まで漕ぎ出したのかい」

医者はタバコに火をつけて、濃い煙を吐き散らした。

「だろうって、とうちゃんは言うんですがねえ」

「うん。ちょっとした船が沈んだんなら、油も浮いているだろうしな。それもなくて、ひとりで漂流していたというなら、まあボートか何かで漕ぎ出したんだろう」

「とうちゃんがこの人を見つけたのは、綾島のずっと南だっていうんですからね。どこからボートを漕ぎ出したのかわかんねえけど、そんな小舟で綾島の南のほうまで行くなんて漁師もやらねえことだって、とうちゃんは言ってましたよ」

「どこの人間なのか、わかんねえのか」

「財布の中に三万五千円ほどあるだけで、ほかには何も持っちゃいねえんですよ」

「いまに意識がはっきりしたら、自分の口から言うだろう。そしたら、家族にでも連絡してやればいい」

「そんで先生、警察のほうへは届けなくてもいいんじゃろうか」

「単なる事故で、漂流しているのを助けたというだけだから、特別に届けることもねえだろう。しかし、わしが沖ノ島へ帰ったら、駐在に届けてやってもいいぞ。とうちゃんが人命救助で、表彰されるかもしんねえ」

「だったら、届けねえでおいて下さい。うちのとうちゃんはあのとおり変わり者だから、表彰されるなんて言ったら余計なことをするって怒るに違《ちげ》えねえもの」

「そうだろうな。なら、余計なことはやめておくよ」

「先生、明日は浦尾島ですか」

「いや、今夜のうちに、浦尾島へ行かなくちゃなんねえんだ」

「もう夜だというのに……」

「浦尾島に漁船が来ているんで、それに乗って行くことになってんだ」

「それにしても、この人は運がよかったですよ。助けられたその日に、先生がこの島へ寄ってくれたんですものなあ」

「それよか、この人を助けてすぐ島へ帰って来ちまったんだから、とうちゃん今日は水揚げがなくて大損したんじゃねえか」

「ところが昼前にえれえ大漁でね、午後三時にこの人を助けたときは、もう帰ろうとしていたんだそうですよ」

「それで、とうちゃんいま何をしているんだね」

「夕方から一升瓶を持って、利男さんのところへ遊びに行っていますよ」

「じゃあ、わしも引き揚げることにするか」

医者は短いタバコをくわえたまま、立ち上がるとガニマタで歩き出した。この家の主婦が、そのあとを追った。朝日奈は薄目をあけて、鞄を重そうに提げている医者の後ろ姿を見送った。

死なずにすんだ、と朝日奈は思った。特に嬉しくもないし、何の感慨もなかった。それより、ひどい頭痛のほうが、実感としてあった。医者は命に別条ないし、疲労だけだと言っていた。しかし、その診断を信ずるわけにはいかなかった。どう見ても、名医とは思えなかった。それに朝日奈には自覚症状がある。

まず、ひどい頭痛、全身の火照《ほて》るような鈍痛、特に右手が痺《しび》れているように無感覚であった。動かすことができるのは、目だけである。ちゃんとした病院で精密検査を受けなければ、はっきりした結果はわからなかった。だが、それは不可能なことだった。ここは病院などない離れ小島らしいし、意志を伝えたくても口がきけないのであった。

とうちゃんと呼ばれていた女の夫は、漁師なのである。漁に出て午前中に大した収穫があり、帰途につこうとして漂流している朝日奈を見つけたという。それが、午後三時であった。水枕のすぐ脇に、朝日奈の財布と腕時計が置いてある。

腕時計の日付けは、十七日になっていた。防水時計だし針も動いているから、狂ってはいない。彼が大分空港を飛び立ったのは、五月十七日である。まさかそれから、一カ月たったわけではないだろう。とすれば、いまはまだ五月十七日なのだ。

海上へヒメ号が突っ込んだのは、十二時二十分頃だったと記憶している。朝日奈は意識を失ったまま機体の破片にかぶさって漂流を続け、二時間後に発見されたのであった。その間に潮流の関係で、朝日奈は墜落地点からかなり遠く流されたらしい。

そのために、漁師は墜落したヒメ号の機体には気づかなかったのだ。漁師は漁船に朝日奈を引き揚げただけで、彼がかぶさっていた機体の破片はそのまま海上に残して来たのに違いない。もちろんそれが飛行機の機体の一部であると、確かめもしなかったのであった。

その結果、ボートのような小舟に乗って海上へ漕ぎ出し、はるか沖で転覆して漂流していたと漁師は判断を下したのである。飛行機の墜落事故などとは、考えも及ばなかったのであろう。漁師は朝日奈を漁船に救い上げて、この島へ帰って来た。この島は漁師だけが住んでいて、小さな村落しかない離れ小島なのだ。

ひとりの医師が、この付近の島の病人の手当てのために、船で巡回している。その医師が今日、たまたまこの島へ来たらしい。それで漁師の妻が朝日奈の診察を頼んだのに違いない。医師は大したことはないと診断して、朝日奈を病院へ運ぼうとはしなかった。

飛行機の墜落事故とも思っていないし、ただ小舟が転覆して溺れかけた人間と決め込んでいるから、警察や役所へ届けるつもりはないようである。現実離れをした平和な小島の人たちは親切であるとともに単純で素朴であった。

そういう人々は、社会的な権利義務よりも原始的な解決方法を重んずる。海で溺れかかっていた都会の人間を助けた。大分《だいぶ》、弱っている。元気になるまで、面倒を見てやろう。すっかり身体が恢復《かいふく》してから、家族のところへ帰ればいい。

暢気《のんき》でのんびりしすぎているようだが、そうした考え方をするのであった。その背後に何か事件があるのではないか、悪人なのではないかと疑ったりしないのだ。それに親切でやっていることだから、警察や役所に任せろといった気にもならない。

当分は、ここに厄介になっているほかはなかった。一刻も早く、警察に連絡して欲しいとも思わなかった。なるようにしかならないのである。急いで東京へ帰る必要もないし、ヒメ号が墜落したいま朝日奈には何をするという目的もないのだ。

まず、動けるようになることだった。それまで、この別世界でじっとしていよう。行方不明となり大騒ぎに発展するとか、早く墜落事故について報告しなければならないとかいうことは、別に考えなかった。それは朝日奈の性格的なものだった。

十日ほどたった。全身の鈍痛が消えた。食事も蒲団の上にすわって、とることができるようになった。熱も下がった。右手の痺れはとれたが、親指と人さし指と中指の三本が麻痺していて使いものにならなかった。食事のときは、左手でスプーンを用いた。

頭痛は、まだ残っていた。それに依然として、口がきけなかった。墜落のショックで、一時的な言語障害を起こしたのかもしれない。口はきけないが、字を読むことはできた。聴覚も、正常であった。この家の主人は持田源太郎で、妻がリュウという名前であることがわかった。

息子が二人いたが、数年前に離島していまは大阪にいるという話だった。この島は、笠島という周囲二・五キロの小島であった。十数戸の漁師の家があるが、住んでいるのは四十以上の男女ばかりだという。若者は残らず島を出てしまったのだ。

朝日奈はリュウに頼んで、地図を見せてもらった。四国の南西の端に、足摺岬がある。その反対側の突出部が、浅婆岬であった。浅婆岬の近くに柏島、辛島、蒲葵島などがあり、その先に沖ノ島があるのだった。例の医師は、この沖ノ島から来たのであった。

沖ノ島の南西に、浦尾島、笠島、綾島と並んでいた。ヒメ号がこのうちの綾島の、更に南の海上に墜落したらしい。朝日奈が持田源太郎の漁船に救い上げられたのも、その綾島の南だったのである。笠島を正確に言うならば、高知県宿毛《すくも》市沖ノ島町笠島であった。

二十日すぎると、立って歩けるようになった。朝日奈は、外へ出てみた。まだ六月初旬だが、南国の日射しは真夏のように鮮烈だった。銀色の砂浜に人の気配はなく、濃紺の海の色が目にしみるようであった。まさに別天地である。

テレビというものがなかった。一軒だけテレビを置いている家があるが、特別な事件でもない限り誰も見に集まっては来なかった。ラジオも、天気予報を聞くだけだった。新聞も数軒の家でとっているが、何日か遅れて来るそれを読もうとする者はいなかった。

一カ月がすぎて、例の医師の二度目の訪問を受けた。医師は、朝日奈が口をきけないことを気にしているようであった。朝日奈も、何か喋ろうと努力しているのである。だが、どうしても言葉が出て来なかった。忘れたのではなく、言葉を口にすることができないのであった。


「まだ、一言も喋れねえかね」

医師はずり落ちるメガネを押さえて、朝日奈を睨みつけるようにした。

「…………」

朝日奈は唇を動かそうとしたが、途中で諦めた。

「そうか。精神的ショックから来ているもんじゃねえんだな」

医師は、腕を組んだ。

「やっぱり、頭でも打ってそれで喋れなくなったんですかねえ」

リュウが、朝日奈に代わって訊いた。

「かもしんねえなあ」

医師は考え込む顔になって、深々と溜息をついた。リュウも心配そうに、暗い眼差《まなざ》しになった。朝日奈だけが、無表情であった。

「聞いた言葉を理解することができて、字も読めるんだったな」

医師は、リュウを振り返った。

「その点はもう、普通の人間と同じなんですがねえ」

リュウが答えた。

「口をきけないだけか」

「先生、そんな病気があるんですかね」

「あるんだよ。失語症というてなあ」

「失語症？」

「まあ、失語症というても、いろいろとあるがね。この人の場合は言語理解は完全だし、読み書きもできる。ただ頭の中でわかっていることを、口に出して喋ることができない。そういうのを、皮質下運動失語症というんだがね」

「そうなると、難しくってわからねえですよ」

「わかりやすく言うと、純粋運動失語症だあね」

「頭を打ったせいですかね」

「うん。要するに言語運動中枢と、発語筋の中枢との連絡がうまくとれていねえんだ」

「どうして、治療したらいいんですかね。先生……」

「何よりもまず、都会の大きな病院へ行って検査してもらうことだな」

「また、喋れるようになるんでしょうね」

「脳のどこにどんな障害があるのかわからねえうちは、何とも言えねえな」

「じゃあ、一生喋れねえかもしれねえんですか」

「原因療法や練習療法で、喋れるようになることだってある。おリュウさんがそこで泣き声を出したって、よくなるもんじゃねえだろうが」

「そりゃまあ、そうだけんど……」

「それより、すまないけど紙と鉛筆を持って来てくれんかい」

医師にそう言われて、リュウがすぐマジックと大きな包み紙を持って来た。

「あんた、どこの人かね」

医師が、朝日奈にマジックを手渡しながら言った。朝日奈は、マジックを左手に持った。あまりうまいとは言えない字で、包装紙の裏に『東京』と書いた。

「東京か。ではだな、東京へ帰ったらすぐ一流の病院へ行くことだ。いいな、それも早いほうがいいんだが……」

医師は、強制するような大声を出した。しかし、朝日奈はその声を、耳に入れていなかった。彼は東京などへ、帰りたくなかったのである。医師の言う失語症に、間違いないのだ。飛行機が、墜落した。重傷も負わなかったのは、まさに奇跡であった。脳のどこかに損傷があって、当然なのである。そのための、失語症だった。純粋運動失語症——一流病院へ行けば必ず全治する、という保証はないのだろう。としたら、東京へ帰っても意味はない。ヒメ号を墜落させた責任を問われて、万福観光を馘《くび》になることはわかりきっている。

失語症ともなれば、もちろんパイロットとして使ってはもらえない。パイロットでなくなったとき、自分は死んだも同然なのだ。それなのに、東京へ帰ってどうなるというのだろうか。東京は、口をきけない人間が、生きて行けるところではなかった。

この笠島で漁師になって暮らそうかと、朝日奈順は本気で考えていた。

4

朝日奈順が笠島を離れる気になったのは、それから更に一カ月がたった七月中旬のことであった。それまで、源太郎とリュウはしきりと、朝日奈を引き留めた。息子たちは帰って来ないし、夫婦は寂しかったのに違いない。特に源太郎は、朝日奈に特別な情を感じているようだった。

自分が命を助けたということで、親近感を覚えるのだろう。源太郎はいかにも海の男らしく、赤銅色《しゃくどういろ》をした大きな身体の持ち主だった。大酒呑みで、一升瓶をあけてもあまり乱れなかった。朝日奈は七月にはいって、東京のアパートへ電報を打つ気になった。管理人の青野芳子が、部屋代のことを心配しているだろうと思ったからである。

せめてアパートの管理人ぐらいには、無事でいることを知らせておくべきだった。もしそうしたかったら、家具を売り払って家賃の穴埋めをして部屋は新しい人に貸すようにすればいい。そう思った朝日奈は電文を紙に書いて、沖ノ島へ行くという源太郎に頼んだのであった。

電文の内容は、当分帰らないので荷物や部屋の処分を一任するというものだった。もちろん、返事はなかった。こっちの住所を、知らせてないからだった。電報には、高知県の母島《もしま》局という発信局が記されているだけなのである。

それから二週間ほどすぎた七月十五日の夜、朝日奈は三日前の朝刊を読んでいておやっと思った。高知県の地方紙で、社会面にかなり大きく扱われている記事であった。轢《ひ》き逃げ事件だった。七月十一日の午後二時すぎに起こった事件である。

轢き逃げの場所は高知県宿毛市山田のやや西に位置する国道五十六号線の路上で、中年の女が乗用車に轢かれて即死した。逃走した乗用車は中村市荒川の同じ国道五十六号線脇に乗り捨ててあった。その乗用車は前日に宇和島市内で、盗まれたものとわかった。と、記事そのものは、あまり珍しくなくなった盗難車による悪質な轢き逃げ事件であった。朝日奈が眉をひそめたのは、その被害者の名前を読んだときだった。女の被害者で住所は東京都世田谷区北沢三丁目徳丸荘アパート内、名前は青野芳子、四十七歳となっていたのである。

なお新聞記事には、青野芳子は宿毛市山田の従妹《いとこ》の嫁入り先を訪れて、その前日に東京から来たばかりであったが、従妹の話によるとある人を捜し出すのが目的だったらしいと付け加えられていた。

青野芳子の従妹の嫁入り先が宿毛市にあったということは、もちろん初耳である。しかし、青野芳子はただ単に、従妹のところへ遊びに来たのではない。そのある人とは、朝日奈だったのではないか。

朝日奈は源太郎とリュウに、そのことを筆談で説明した。夫婦は顔を寄せ合って、新聞記事を繰り返し読んだ。

「この青野芳子っていう人に、二週間前に電報を打った。間違いなく、そのことに関連しているぜ」

源太郎が、茶碗酒を呷《あお》ってからそう言った。朝日奈は、頷いた。

「だけんど、この青野芳子っていう人は、アパートの管理人なんだろう」

リュウが、不服そうな顔になった。

「そうさ」

「朝日奈さんとは、赤の他人というわけじゃねえか」

「当たり前なことを、もっともらしい顔して言うんじゃねえよ」

「そこが、おかしくねえかい。とうちゃん……」

「何がおかしいんだよ」

「赤の他人が、何だって朝日奈さんを捜しに、わざわざ東京からやって来るんだい」

「そうか」

「このアパートの管理人とは、特別親しくしていたのかね」

リュウが、朝日奈に訊いた。朝日奈は、首を振った。特に親しくはなかった。顔を合わせれば挨拶を交わす程度で、青野芳子が個人的に何かしてくれるようなことは一度もなかった。欲の深そうな未亡人と、朝日奈にはそんな印象しかない。

「朝日奈さんを捜し出して、どうするつもりだったんだろう」

リュウが、呟《つぶや》くように言った。

「用事があったのに、決まっているじゃねえか」

源太郎は、一升瓶の酒を茶碗に注いだ。

「赤の他人に、そんな大した用があるもんかい」

「大した用事だって、どうしておめえにわかるんだよ」

「大した用事でもないのに、飛行機代や汽車賃使って誰が東京から四国の隅っこまで来るかいね」

「そりゃあまあ、そうだけど……」

「それにもう一つ、わかんねえことがあるんだ」

「何だい、言ってみろ」

「とうちゃんに言ったって、仕方ないんだよ。こっちは、朝日奈さんに聞かせようと思って喋っているんだよ」

「だから、言ってみろよ」

「大した用事があったから、その人はわざわざ朝日奈さんを捜しに宿毛までやって来たんだろう」

「そういうことになる」

「だったら、どうしてもっと早く来なかったのかねえ」

「早く……？」

「そうさ。とうちゃんが朝日奈さんから頼まれて、東京のこの人のところへ電報を打ったのは二週間も前のことなんだろう」

「七月二日だったな」

「電報だから、翌日にはつくねえ。青野芳子って人は、七月三日に朝日奈さんが四国の宿毛の近くにいるって知ったんだ」

「そうだろうな」

「大事な用があるなら、すぐにでも出かけて来るはずじゃねえかい。それなのに青野っていう人が宿毛の従妹のところへ来たのは、一週間もたってからだろう」

「そりゃあ、おめえ、人間には都合というものがあらあ。一週間ぐれえ、遅くなることだってあるだろう」

「そんなことじゃねえんだよ。赤の他人が、わざわざ朝日奈さんを捜しに来る。それも、一週間たってから尻を上げたんだ。そのことが、普通じゃねえって言っているのさ」

「普通じゃねえっていうのは、朝日奈さんがここにいる間に何か起こったってことじゃねえか」

「かもしれないよ。それも、大変なことが起こったんだ」

「その大変なことを知らせるために、朝日奈さんを捜し出そうとしたのか」

「そうに、違えねえよ」

リュウは、不安げに朝日奈の顔色を窺《うかが》った。リュウは、なかなか大したものだった。一つの出来事を、理論的に分析する能力を持っていた。朝日奈も、彼女とまったく同意見であった。発火点は、七月二日に打った電報だった。

翌日には確実に、その電報が青野芳子の手に渡っている。彼女は朝日奈が、高知県宿毛市の近辺にいることを知ったのだ。それまでの約一カ月半、朝日奈は行方不明になっていた。その間に、何か重大なことが起こっていたのである。

青野芳子は、そのことを朝日奈に知らせようと思いついた。さいわい、宿毛市に従妹の嫁ぎ先がある。そこを頼って行けば、地理にも明るいし朝日奈の寄宿先が簡単にわかるかもしれない。そう考えて、青野芳子は行動を起こしたのだ。

この一カ月半の間に、何が起こったのだろうか。朝日奈には、身寄りや知人がいない。誰かが死んだというようなことではなかった。それに、日常的なことでもない。実に意外な想像も及ばないといった事件が、起こったような気がする。

その理由は、青野芳子みずからが朝日奈を捜しに来たという事実だった。リュウも言っていたが、赤の他人が金を使ってまで好意的な知らせを持って来るものではない。まして青野芳子は欲の深そうな未亡人で、利益もないのに東奔西走するといったことは絶対にやらない四十女だった。

その青野芳子がみずから、高知県まで朝日奈を捜しに来たのである。当然、何か下心がなければならなかった。ただ単に朝日奈の行方を知りたいのなら、警察に依頼するはずだった。従って青野芳子としては、あくまで個人的な朝日奈との再会を期待していたのだ。

では、なぜ一週間も、行動を起こすのを遅らせたのか。それは朝日奈を捜し出す前に、やっておかなければならないことがあったからではないだろうか。例えば、誰かと交渉することである。その交渉の相手も、朝日奈の居場所を知りたがっていた。

しかし、その交渉は決裂した。そうなって初めて、青野芳子は行動を開始したのではないだろうか。結果的に、彼女は交渉した相手にとって邪魔な存在になった。そのために、青野芳子は高知県へ来てから抹殺された。単純な轢き逃げ事件ではなく、青野芳子は計画的に殺されたのだ。朝日奈は、そう見たのである。

「ねえ、朝日奈さん……」

リュウが、目を伏せて言った。

「一度、東京へ帰ってみたほうが、いいかもしれないねえ」

リュウは、しんみりとした口調になった。

「そんな、おめえ……」

源太郎が慌てて、リュウを制止した。

「そりゃあ、あたしだって朝日奈さんには、ずっといてもらいたいよ」

「そうだろう。うん、そうさ」

「失語症とやらで、東京へ帰るのも心細いだろうしねえ。だけんど長い間、行方不明になっているのは、やっぱりよくねえことかもしんねえよ」

「構わねえんだよ。朝日奈さんには親兄弟も、親しい知り合いもいねえんだからよ」

「あたしもそう思って、朝日奈さんを引き留めていたんだけど、どうも考え方が暢気《のんき》すぎたようだ」

「おれは、そう思わねえ。人間はな、いてえところにいればいいんだ」

「なあ、朝日奈さんも、暢気すぎたと思わねえかい」

リュウは寂しげな笑顔を、朝日奈に向けた。朝日奈も、苦笑を浮かべながら頷いた。リュウの言うとおりであった。それに、東京で何が起こったのか気になってもいた。余計なことに、興味はない。しかし、他人に迷惑はかけたくなかった。

青野芳子が事実殺されたのだとしたら、すでに他人に迷惑を及ぼしていることになるのだった。徳丸荘アパートか天平食堂へ行けば、何が起こったかわかるはずだった。しかし、何があったのかわかったとしても、口のきけない身体ではどうすることもできないだろう。そう思うと、気持が重かった。

翌日、朝日奈は笠島を離れることになった。宿毛まで船で行き、その先は国道五十六号線をバスで七十四キロも走り、窪川で土讃線の列車に乗るのであった。列車で高知まで行って、そのあとは飛行機だった。朝日奈はお礼として、源太郎には黒い皮ジャンパーを、リュウにはプラチナの指環を贈った。

源太郎は漁を休み、自分の船で宿毛まで送ってくれるという。朝日奈と源太郎は、まだ暗いうちに漁船に乗り込んだ。リュウが泣いては笑い、笑っては泣いて船を見送っていた。約一時間四十分かかって船は宿毛についた。源太郎はむっつりと怒ったような顔をしていた。二人の男は、黙って握手を交わした。朝日奈は源太郎に教えられたとおり、バスの発着所へ向かった。

始発のバスに乗り、二時間で窪川到着であった。窪川発八時五十二分の急行あしずり二号に間に合い、高知着は十時十六分だった。飛行機は十一時四十五分の、大阪行き全日空機である。大阪には定刻の、十二時三十五分についた。更に一時発の東京行き全日空機に、朝日奈は乗り込んだ。

朝日奈は『窪川』『高知』『東京』とそれぞれ紙に書いておいて、切符を買うとき無言でそれらを示した。相手は一瞬戸惑うが、すぐそうと察して料金を言い切符を差し出した。誰もが同情的で、親切だった。

東京国際空港には、一時五十分についた。別に懐かしいとは思わなかった。もともと知らない顔ばかりいて、味気ないメカニックな大都会なのである。いつ見ても変わらない自然とは違って、日に日に変貌する東京には思い出の断片も残っていなかった。

タクシーに乗り、運転手に『下北沢駅前』と書いた紙を見せた。

「井の頭線の下北沢だね」

運転手が、振り向いて念を押した。朝日奈は頷いた。タクシーは走り出した。冷房車ではないので、窓を全開にしていた。しかし、流れ込んで来る風は、湯気のように温かかった。ポロシャツ一枚だったが、たちまち汗が噴き出して来た。

日射しが強いのに、視界はそれほど明るくなかった。湿気があって、暑さがねっとりと肌にからみついて来る。自動車の多いことが、その蒸し暑さを更に不快なものに感じさせた。笠島で見た澄み切った空や、ゴミ一つ浮いてない海、それに満天の星が嘘のようであった。

一時間かかって、タクシーは井の頭線と小田急線が交差する下北沢駅の近くについた。朝日奈は料金を支払って、タクシーを降りた。駅前の繁華街を通り抜けると、北のはずれに天平食堂があった。間口がせまく、両側の店舗に押し潰されそうな感じの小さな二階家だった。

二階が主人と娘の住まいになっていて、階下が食堂であった。この近くのアパートに住む独身のサラリーマンや、学生たちが客の殆どだった。天丼、カツ丼、カレーライス、ラーメンのほかに天平ライスという定食を売りものにしていた。

だが、その天平食堂の前まで来て、朝日奈は凝然となった。二階も店も、防火用の雨戸で締め切ってあったのだ。この時間に営業していないはずはないし、本日休業の札もかかっていない。そればかりか、柱の高いところに白い四角形ができていた。表札をはずした跡だった。

店の前に、三人の男が立っていた。そのうちのひとりが、指をさして何やら説明している。その男が不動産の周旋屋《あっせんや》で、あとの二人が客らしかった。

「間口がもう少し広ければね、借り手は殺到しますよ。場所としては、最高ですからね。その間口がせまいということで、まあこの一週間話が決まらずにすぎてしまったわけでしてね」

周旋屋らしい男が、二人の客にそう言っている。

「前の人は、ここで食堂をやっていたそうですね」

客のひとりが、周旋屋に訊いた。

「ええ、結構、繁盛していましたよ」

周旋屋は、自分のことのように、得意そうな顔をした。

「繁盛していたのに、どうして店をやめたんでしょうね」

「やめたんじゃなくて、もっといいところへ移ったんですよ」

「いいところって、都心という意味なんですか」

「どこだかよく知りませんが、食堂なんてものじゃなくて、豪華な高級レストランを持つことになったんだそうですよ」

「ほう……」

「この店で儲けて、うんと貯め込んだんでしょう」

周旋屋は、大声で笑った。そんなはずはないと、朝日奈は思った。繁盛はしていたが、店の広さからいって儲けるにも限度がある。朝から晩まで働き通しだが金は少しも残らないというのが、天平食堂のおやじの口癖だった。

それにどこかへ移転するといった話は、父娘の口から一度も聞いたことがなかった。この天平食堂が廃業したのは、一週間前だという。あまりにも、話が急すぎる。だったらそれらしいことを、二カ月前に娘が匂わせたはずだった。

いい場所で、豪華な高級レストランをやる。そんな資金が、いったいどこから出たのだろうか。もう一つ気になるのは、天平食堂がどこかへ移転したという時期であった。一週間前つまり、それは朝日奈が青野芳子のところへ電報を打ってからのことなのである。

どう考えても、必然性に欠けている。朝日奈が青野芳子宛に電報を打った。すると間もなく、その資金さえないはずの一流レストランを経営するために、天平食堂の店をたたみ父娘ともども姿を消してしまった。そして青野芳子も、四国の高知県まで朝日奈を捜しに来て事故死を遂げた。

この二つの事実に、何の関連もないのだろうか。

5

天平食堂から歩いて六、七分のところに、徳丸荘アパートはあった。モルタル二階建てで、部屋数は十二だった。各部屋とも六畳の和室に、四畳半のダイニング・キッチン付きである。トイレはあるが、風呂がなかった。管理人室には、六十すぎの男がいた。青野芳子の、後釜なのだろう。

朝日奈は、階段をのぼった。階段をのぼりきった正面の部屋が、彼が住んでいた八号室であった。財布の中に、この部屋の鍵があった。朝日奈は鍵を取り出して、ドアのノブに手をかけた。鍵は必要なかった。ドアが、すっとあいたのである。

室内を覗き込むと、三つの顔が一斉に朝日奈のほうへ向けられた。見たこともない男たちだった。上半身裸やランニング一枚といった恰好で、花札をいじっていた。朝日奈は、ドアのネーム・プレートを確かめた。『朝日奈』という名札は、抜き取られていた。しかし、新しい住人の名札もなかった。

朝日奈は、改めて室内を眺め回した。洋服箪笥《だんす》、テレビ、テーブル、椅子といった家具調度品の類《たぐい》はまったく見当たらなかった。手拭い一本、座蒲団一枚ない。男たちが灰皿代わりに使っている丼《どんぶり》と、ウイスキーの瓶が目に触れただけだった。

住む人が越して来る前の、空家《あきや》も同じであった。電報で言ってやった通り、青野芳子が家具類を処分して、新しい住人に部屋を貸したのだろうかと朝日奈は思った。だが、そんなことをしてから青野芳子が、朝日奈を捜しに高知県まで来たというのはおかしい。

「何だ何だい。黙って、人さまの部屋へはいり込んで来やがって……」

くわえタバコの男が、のっそりと立って来た。あとの二人も、それに続いた。どう見ても、善良な市民ではなかった。

「おめえは、誰なんだよ」

まだ二十前後と思われる若い男が、肩を怒らせて長身の朝日奈を見上げた。朝日奈は額の汗を拭うと、濡れた指先で板壁に『アサヒナ』と書いた。

「それが、おめえの名前か」

くわえタバコの男が、嘲笑するように鼻を鳴らした。

「何の用があるんだ」

長髪で女みたいな顔をした男が、朝日奈の肩を叩いた。朝日奈は左手で首筋の汗を拭うと、濡れた指先で壁板に『ココニ、スンデイタ』と書いた。

「おめえ、口がきけねえのか」

二十前後の若いのが、ケッケッケッと笑った。

「何だか知らねえけど、ここはもうおめえには関係のないところだ。さあ、帰んな。帰んなよ」

くわえタバコが、朝日奈の胸を押しこくった。

二十前後の若いのがのび上がるようにして、朝日奈の顎を突き上げた。朝日奈は部屋の外へ飛び出して、廊下に尻餅を突いた。彼は、殆ど無表情であった。しかし、目つきだけが、鋭くなった。

「とっとと帰りやがれ！」

若いのが、廊下へ出て来て喚《わめ》いた。朝日奈は、ゆっくり立ち上がった。若いのがニヤリとしたとたん、朝日奈の長い脚が勢いよくのびた。股間《こかん》を蹴りつけられた若い男は、異様な声を発して上体を折った。朝日奈はその衿首を摑んで、後ろへ投げ捨てるようにした。若い男は階段の踊り場まで直接落下して、あとの半分を転がり落ちた。

「この野郎!」

くわえタバコが、正面から襲いかかってきた。そのストレートを上へ押しやって、朝日奈は右の一撃を相手の胃袋へ叩き込んだ。その一瞬だけ、麻痺している右手の指三本に痛みを感じた。呻《うめ》きながら腹をかかえ込んだ男の顔を、朝日奈は蹴り上げた。

くわえタバコが火花をちらして飛び、のけぞった男の顔は鼻血で真赤に染まっていた。横から長髪の男が、組みついてきた。朝日奈は、それに腰投げをかけた。長髪の男は、頭から廊下へ落ちた。朝日奈は、その顔や腹をドスンドスンとふみつけた。

長髪の男は、吼《ほ》えながら身体をくねらせた。朝日奈は、自分がひどく残酷であることに気づいていた。

無性に腹が立つのである。訳のわからないことばかり起こる。喋れないという焦燥感もあった。そこへこの男達の出現とあっては、もうとても我慢できなかったのだ。

朝日奈は、階段を下りていった。階段の下で、若い男がぐったりしていた。一階の廊下には数人の男女が集まって、二階の様子を窺っていた。朝日奈は、ぐったりしている男を立ち上がらせると、その顎にアッパーを喰らわせた。

男は一階の廊下を後ろむきのままでよろけて行き、置いてあったバケツに突っかかった。流れたバケツの水の中を、倒れた男が背中で滑った。

集まっていた男女が、慌てて逃げ散った。朝日奈は、アパートを出た。その後ろ姿の肩のあたりに、寂しさが漂っていた。これから、どこへ向かったらいいのか。徳丸荘アパートには、もう住めない。天平食堂も、消えてしまった。ほかに知っている相手や、落ち着ける場所はなかった。

とにかく、万福観光の本社へ顔を出してみるべきだった。恐らく、姫島社長は顔も見たくないということで、会おうとはしないだろう。不可抗力の事故だとわかっても、愛機を失った怒りから朝日奈を許そうとはしないのに違いない。

秘書課長にでも会って、一応の事情を説明しておけばよかった。一カ月は身体の恢復が完全ではなかったために、もう一カ月は失語症ということで帰京する自信を失ったためにと説明すれば、報告が遅れたことを諒解《りょうかい》するかもしれない。

その上で馘だというのであれば、それでもいい。朝日奈は、そう思った。彼は、タクシーで新橋まで行った。万福観光ビルは、八階建てであった。あまり出入りしたことがないし、ビルの中には詳しくなかった。しかし、秘書課の部屋が七階にあるということだけは、朝日奈にもわかっていた。

とすれば、秘書課長の部屋も、七階にあるはずだった。朝日奈はエレベーターに乗り、七階のボタンを押した。秘書課長の峰岸敏彦とは、比較的親しくしていたほうだった。その父親の峰岸嘉平、それに大川美鈴とも、言葉を交わしたことがあった。

大川美鈴といえば――と、朝日奈は二カ月前のことをはるか昔の思い出のように、ぼんやり頭に描いていた。あの夜、大川美鈴は力ずくで、姫島社長のものにされた。その後、二人の関係はどうなっただろうか。大川美鈴は、姫島大作の愛人になっているかもしれなかった。

七階でエレベーターを降りると、朝日奈は案内図を見て秘書課長室を捜した。果たして秘書課長室は、七階にあった。秘書課と人事課の間に位置している。朝日奈は、廊下を大股に歩いた。すれ違う社員たちは、彼を見ようともしなかった。

『秘書課長』という標識のある部屋の前で、朝日奈は足を止めた。ドアに『在室』と書かれた青い札が、かかっていた。彼は、ドアをノックした。

「はい」

室内から、男の声が返って来た。朝日奈はドアをあけた。正面に、窓を背負った秘書課長の席があった。しかし、そこに峰岸敏彦の姿はなかった。ドアからはいって二メートルほどのところから、部屋は右へ広くなっている。峰岸敏彦は、そっちにいるのだろう。

朝日奈は、後ろ手にドアをしめた。冷気が肌にしみた。冷房が、よく効《き》いているのだった。五、六歩行くと、視界が開けるように部屋が広くなった。右のほうに応接用のソファとアーム・チェアがあり、そこに男が二人と女がひとりいた。

アーム・チェアに腰を沈めていた峰岸敏彦が、朝日奈に気づいて立ち上がった。こっちに背を向けていた男と女が、言い合わせたように振り返った。男は峰岸嘉平であり、女は大川美鈴だった。三人の顔に、笑いは浮かばなかった。

かと言って、ひどく驚きもしない。怪訝《けげん》そうな顔つきをしていた。まるで、朝日奈と初めて会うような感じだった。朝日奈は、困惑した。夢を見ているのか、それとも自分が狂っているのかと疑ったくらいだった。

「あんた、誰なんだ」

峰岸敏彦がその端正な顔を、一層冷ややかにした。そんな無茶な、と朝日奈は思った。誰なのか知らないはずはないし、忘れたとは考えられなかった。朝日奈は、おれだと叫びたかった。しかし、やはり頭の中にある言葉が、口から出ようとはしなかった。

「君は、うちの社員かね。いや、見たこともない顔だ。何だって、こんなところへはいり込んで来たんだね」

峰岸敏彦は、咎める口調で言った。朝日奈は、マジックと手帳を取り出した。手帳に左手で『朝日奈だ』と書いて、彼はそれを差し出した。峰岸敏彦は近づいて来てその手帳に目を寄せた。

「よく読めない字だな」

峰岸敏彦は、何度か首をひねった。

「朝日奈と、書いてあるんじゃないかね」

横から覗き込んだ峰岸嘉平が、息子にそう言った。

「朝日奈……？」

峰岸敏彦は、朝日奈の顔をマジマジと見やった。

「あのパイロットの朝日奈君の、兄弟か何かかな」

峰岸嘉平が言った。

「いや、お父さん。あのパイロットの朝日奈君には、兄弟はおろか親類縁者もいないんですよ」

「すると、この人は誰かね」

「わかりません」

「何だか、気味が悪いわ。口をきこうともしないし……」

大川美鈴が、ソファから腰を浮かせた。

「心配ありませんよ、お嬢さん。いま、追い返しますから……」

峰岸敏彦が大川美鈴に、自信ありげな笑顔を向けた。朝日奈は手帳に、『おれが、そのパイロットの朝日奈だ』と書いた。

「おれが……そのパイロット……の……朝日奈だ……」

峰岸嘉平が、そう声に出して読んだ。

「君、いいかげんにしたまえ！」

峰岸敏彦が、叱りつけるように言った。

「滅多な嘘をつくもんじゃない。それは、死者に対する冒瀆《ぼうとく》というものだ。いいかね、うちの社には確かに社長の自家用機を操縦していた朝日奈というパイロットがいた。しかし、その朝日奈君は二カ月前に、四国の南の海上に墜落して死亡しているんだ。死者の名前を騙《かた》るなんて、許されないことだぞ」

峰岸敏彦は、心から憤慨しているという顔であった。冗談じゃない、と朝日奈は思った。飛行機が墜落したことは確かだが、パイロットは死ななかった。現にこうして、目の前に立っているではないか。ちゃんと生きているし、本人がそれを認めているのだから間違いない。

朝日奈は、自分の顔を指さした。峰岸敏彦は、表情を曇らせた。意味が通じないのだ。

朝日奈はなおも、自分の顔を指さし続けた。

「この顔を知らないか、と言っているのかね」

峰岸敏彦が、ようやく気付いてそう訊いた。朝日奈は、頷いた。

「気の毒だけど、君の顔なんて、見たこともないね」

峰岸敏彦は首を振った。朝日奈は峰岸嘉平に向かって、同じように自分の顔を指さして見せた。

「わたしも知らんなあ。あなたとは、初対面だもの」

峰岸嘉平は、苦笑を浮かべながら言った。次は、大川美鈴だった。

朝日奈は中腰のままでいる美鈴に近づいて行った。

美鈴は、泣きそうな顔になった。その清純な美貌に、同情の色があった。

「本当に、あの朝日奈さんが生き返って来てくれたなら、嬉しいんだけど……。やっぱり別人じゃ、知らないというほかはないでしょうね」

そういって、大川美鈴は眼を伏せた。どうして三人が三人、そんな嘘をつかなければならないのだろうか。口がきければこの場で幾らでも説明できるし、反論することも可能であった。しかし、それさえも駄目なのである。それに加えて、青野芳子の死と天平食堂の不可解な移転があった。

何か予想もつかないような事態が、この二カ月に着々と進行していたらしい。しかも朝日奈は、どうやらその中心点に置かれているようだった。彼は、峰岸親子と大川美鈴の顔に、視線を走らせた。いったい彼らは、何を企《たくら》んでいるのだろうか。

まあいいと、朝日奈は思った。彼らと無関係になるだけのことだった。それならそれで、未練もない。しかし、何もいえないのが残念だった。背を向けられた男は、三人を見据えながらドアのほうへ後退した。その眼に、哀しみの翳りがあった。口をきけない男の、孤独な眼差しだった。

第二章

笑わない女

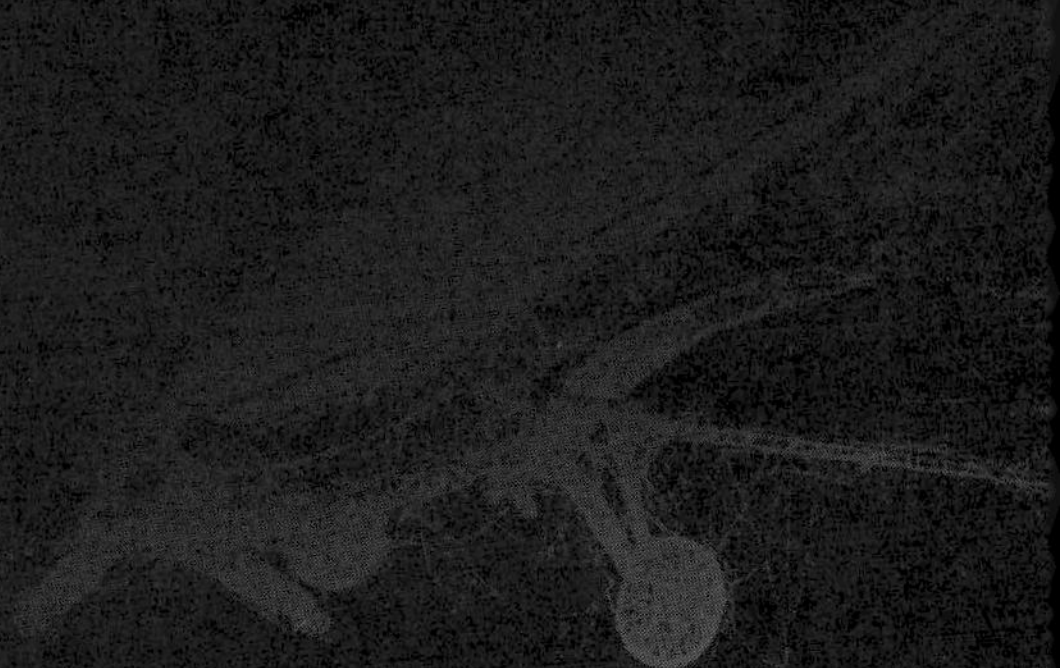

1

新橋五丁目にある万福観光ビルを出ても、どこへ行くというアテがなかった。朝日奈順は目的もなく、浜松町の方向へぶらぶら歩いた。簡易旅館に泊まるにしても、そう先は続かない。所持金の残りは僅《わず》かだし、口がきけないとなると仕事も簡単には見つかりそうにない。

簡易旅館に泊るだけでも、言葉なしでは交渉が面倒になる。誰もが、朝日奈であることを認めてくれない。あらゆる人々から自分の存在を否定されたときの寂しさは、経験してみなければわからないことだった。朝日奈は完全に孤立している人間であった。この世にひとりでいるのも同じである。

浜松町をすぎ、国電や新幹線の線路の東側へ抜けた。芝一丁目から芝浦会館のほうへ、向かう道であった。そっちに何があるか、朝日奈は知らない。ただ自動車だけが激しく往来する味気ない大通りから、それた道を行きたかったのだ。矢鱈《やたら》と埃っぽく、色彩のない騒音の道路であった。

モノレールの下をくぐり、運河に架かっている小橋を渡った。空は鮮烈には晴れていなかった。それに、太陽はもう西に傾いている。そのくせギラギラと粘るような日射しが地上に降りかかり、蒸し暑さが汗を誘った。あまりにも、緑が少なすぎた。長身の朝日奈の影が、更に長く路上にのびていた。

高速道路の下を通り抜けた。潮の香と油臭さの混ざった異臭が、風に送られて来た。浜松町駅からの引込線の線路を何本か渡ると、港の見える岸壁へ出た。海岸二丁目で、北に竹芝桟橋があり、南側に続いて芝浦岸壁がある。目の前は、日の出桟橋であった。汚れた港だった。

海水はドス黒く、油とゴミが浮いていた。広い海は見えず、貨物船や小型船舶が無数に停泊している。港の岸壁にいるという実感は、強く吹きつけて来る風だけにあった。人影はあまりなかった。朝日奈は、ぼんやり港を眺めた。目の前が東京湾で、東京港の一部の岸壁にいるという気がしない。

外国の名もない港町の岸壁に、佇《たたず》んでいるような気分だった。しかし、朝日奈にとっては、街中にいるよりはるかに救いがあった。港には広い空と海がある。それを感じているだけでも、彼の心は飛行機に乗り大空を翔《かけ》ることができるのだった。それに口をきけなくても、海や空とは対話できる。

間もなく、日没である。日射しは弱々しくなったが、空はこれまでより明るくなった。左手に、女の姿があった。その女も、朝日奈と同じようにじっと海を見ている。距離があって、女の顔も年もわからない。長くした髪の毛が、風になびいている。ブルーのワンピースを着ていた。

日没が近い港の岸壁で、風に吹かれながら海に見入っている女。それには、翳《かげ》りある女の雰囲気があった。もちろん、孤独な女でなければ、そんなことはしていないだろう。自分もあの女のように寂しい姿をしているのだろうかと、朝日奈はぼんやりと考えていた。

短く汽笛が鳴った。

やがて、女が海に背を向けた。岸壁に沿って、ゆっくり歩いて来る。そのテンポの遅いヒールの音が、間もなく朝日奈の耳に届くようになった。靴音が、次第に近づいて来る。

それが、不意に止まった。朝日奈は、そのほうへ目を転じた。

二メートルほど離れたところに、女が立っていた。大きな目で、朝日奈を見据えていた。

二十二、三に見えた。凄味があるほど、二重の目が大きい。鼻がツンと高くて、やや厚目の唇をしている。色はあまり白くない。混血だと、すぐわかった。

朝日奈も表情のない顔で、女を見返した。二人の視線はぶつかったまま、離れようとはしなかった。女の髪の毛は黒かった。胸の隆起が固そうに突き出ていて、くびれた胴が極端に短い。腰の位置が高いのだ。欧米人の血を引いている肢体だった。

「あなたもひとり、わたしもひとりね」

突然、女が表情を柔らげて、そう言った。もちろん、正確な日本語である。女は、ニッと笑った。色が浅黒いせいか、歯が真白だった。変わった女だと、朝日奈は思った。

「あなたって、凄く寂しそう……」

女は、小さく肩をすくめた。

「寂しそうな人って、わたし好き。わたしと同じだから……。わたしの名前は、ミキ。銀座のバーで、働いているの。ご覧のとおりの、ハーフよ。パパは、アメリカ人。そのパパも白人と黒人の混血だったそうだわ。ママは、横浜の酒場の女。パパは二十二年前に、アメリカへ帰ってそれっきり。ママは、四年前に死んだわ。わたしは、ひとりぼっち。何人か恋人を持ったけど、どれも長続きしなかったわ。わたしって、よく喋るでしょ。寂しいと、よく喋るの」

一気に言葉を続けて、ミキという女はふと困惑したような顔になった。

「わたしの話、聞いてないの？」

ミキという女は、不満そうに言った。相手がまったく、反応を示さないからだろう。朝日奈は、首を左右に振った。

「だったら、何とか言って欲しいわ。あなたの名前は？」

ミキは、甘えるような笑いを浮かべた。朝日奈は、その場にしゃがみ込んだ。小石を拾うと、彼は岸壁のコンクリートの上に字を書いた。小石がコンクリートに、『朝日奈』と線を描いた。左手で書く字は、ガタガタにくずれそうな形をしていた。

「朝日奈っていう名前ね」

女は怪訝《けげん》そうに、朝日奈の顔を見やった。彼は更に、順という字を書きたした。

「朝日奈順か……」

ミキは呟《つぶや》くように改めて読みなおした。ミキも朝日奈と向かい合いに、しゃがみ込んだ。短いスカートが一層縮んで、弾力のありそうな肉づきのいい太腿《ふともも》が剝《む》き出しになった。彼女は、両膝を合わせた。

「口がきけないのね」

同情する目で、ミキは言った。朝日奈は頷《うなず》いた。

「耳は聞こえるんでしょ」

ミキの質問に、朝日奈は再度頷いた。

「生まれつきなの？」

朝日奈は、首を振った。

「最近のこと？」

朝日奈は頷いた。

「事故ね」

朝日奈は頷いた。

「交通事故？」

朝日奈は両腕を左右にのばして、傾けたり水平に戻したりした。

「飛行機の事故……！　飛行機が、墜落したわけ？」

朝日奈は頷いた。

「いつ、どこでなの」

朝日奈は小石で、五月十七日、四国の南海上、と書いた。

「ああ、軽飛行機の墜落事故ね。新聞で、読んだ記憶があるわ。でも、変ね。乗っていた人は、二人とも死んだってあったわよ」

　ミキは、ふと真剣な面持《おもも》ちになった。朝日奈も緊張していた。いまミキは、聞き捨てならないことを口にした。二人とも死んだ――。それは、どういう意味なのだろうか。『ヒメ号』に乗っていたのは、朝日奈だけである。その『ヒメ号』が墜落して、なぜ死者が二人になるのか。

「その飛行機には、観光会社の社長と、おかかえのパイロットが乗っていたんじゃなかったかな。すると、あなたはそのパイロットのほうね」

　ミキが、拾った小石を投げた。岸壁の下でポチャッと、水の音がした。朝日奈の目が光った。二人の死者のうち、ひとりは姫島大作だということになる。あり得ないことであった。姫島大作は、『ヒメ号』に乗らなかったのである。

　ミキという女の、記憶違いかもしれない。もし、それが事実だとしたら、大変な陰謀だということになる。『ヒメ号』の墜落は事故ではないし、左右の燃料タンクに細工してガソリン洩れを意図した計画的な犯罪だった。目的は姫島大作を殺し、飛行機の墜落による事故死に見せかけることである。

　もちろん、姫島大作は機内へ運び込まれる前に、殺されていた。多分、五月十七日の早朝にでも、殺されたのだろう。死体はトランクに詰めて、機内へ運び込まれた。ちょっとした衝撃によってもトランクの蓋《ふた》があき、中から姫島大作の死体が転がり出るように、仕掛けがしてあったに違いない。

あのとき、別府の万福観光ホテルのボーイが二人がかりで、大きなトランクを運んで来た。そのトランクは、『ヒメ号』の後部座席に納められた。

『ヒメ号』は飛び立ち、そして墜落した。そこが陸地であれば、朝日奈も即死したところだった。

いや、海の上でも無事だったのは、奇跡に近かった。犯人はもちろん、朝日奈を犠牲にするつもりだったのだ。『ヒメ号』が墜落して、現場から姫島大作と朝日奈の死体が見つかる。誰もが飛行機の墜落による事故死と、信じて疑わないはずだった。

犯人はそう読んでいた。奇跡が起ろうなどとは、思ってもいなかった。ところがその奇跡が起って、朝日奈は死ななかったのである。

「でも、そう言えば発見されたのは、観光会社の社長の漂流死体だけで、パイロットの死体は見つからない。けれども機体は大破しているし、同乗の社長が即死しているのでパイロットも絶望的だって、新聞には載っていたみたい」

ミキは、考える目になって言った。世間だけではなく、犯人も朝日奈の死を信じていたのに違いない。機体は、大破していた。飛行機が墜落すれば、乗っていた人間は百パーセント死亡するというのが、常識になっているのだ。

落ちたところは、海であった。死体が遠く流されるとか、重いものが引っかかったりして海中へ沈んだとかいうことは、別に珍しくも何ともない。ただ死体が見つからないだけで、朝日奈は間違いなく死亡したと判断されたのである。

それに生きてどこかに漂着したり、漁船に救助されたりすれば、当然それなりの届け出があるはずだった。しかし、朝日奈を救った持田源太郎とリュウ夫婦は、飛行機事故などとは考えずに、乗っていたボートが転覆したものと勝手に決め込んでどこへも届けなかった。

笠島の人々も、あの巡回医師も持田夫婦の話を信じて、余計な穿鑿《せんさく》はしなかったのである。それが、のんびりとしたあの島の土地柄というものだった。飛行機が墜落したというニュースを、知っていた者もいたに違いなかった。

だが、それを朝日奈と、結びつけて考えなかったのだ。彼の顔写真がテレビや新聞に公開されれば、気がつく人がいたかもしれない。しかし、恐らく朝日奈の顔写真は、扱われなかったのだろう。彼の写真は殆《ほとん》どなく、すぐには手にはいらなかったのだ。

新聞やテレビのニュースでは、飛行機が墜落して乗員ひとりの死体が見つかり、もうひとりのほうも絶望的と報道したのに違いない。二人とも死んだ印象が強ければ、笠島の人々が生きてピンピンしている朝日奈をそれに結びつけなかったのは当然である。

海上捜査は、数日後に打ち切られる。二カ月たっても何の届け出もないし、朝日奈の消息も知れなかった。世間は事故そのものを忘れ、当局と犯人はやはり朝日奈はあのとき死亡して、海の中に沈んだものと最終的な判断を下した。

「死んだと思われていたのに、生きていたっていうわけね」

ミキは、興味深そうな目つきをした。

「それで、東京へはいつ戻って来たの」

朝日奈は、小石で、今日、と書いた。

「今日ねえ。あなた、帰るところがないんじゃないの」

ミキは、朝日奈の顔を、熱っぽい目で見守った。朝日奈は、どうしてわかるのか、と書いた。

「だって、九死に一生を得て、東京へ帰って来たんでしょ。普通だったら家族や友人が集まって、ドンチャン騒ぎの祝賀会をやっているはずだわ。それなのに、ひとりぼっちでこんなところにいる寂しそうなあなたを見れば、どこへも行くアテがないんだなってすぐ見当がつくわよ」

ミキは、照れ臭そうに笑った。なかなか察しがいい。きっと、子どものときから、苦労しているのだろう。

「よかったら、わたしのアパートへ来ない？　今夜は何となくお店に出たくなくって、海を見に来ていたの。どうせ休むんだから、このままあなたを連れてアパートへ帰ってもいいわよ」

ミキは立ち上がって、腰が疲れたというように身体を反らせた。朝日奈にとっては、まさに助け舟であった。しかし、やはり逡巡《しゅんじゅん》した。見知らぬ相手であり、たったいま知り合ったばかりの女である。

「遠慮しているのね。いやだわ」

ミキは、苦笑した。黄昏《たそがれ》の港に、ようやく船の灯がともった。まだ暗くはならない夕景に、郷愁をそそるような哀感が漂っていた。

2

ミキという女の住まいは、それほど遠くなかった。港区の三田四丁目にあった。六階建てで、入口に『森口マンション』という文字が見られた。ミキは、アパートと言った。当然アパートであって、大邸宅という意味のマンションなる名称を用いるほうがおかしい。しかし、最近は誰もが矢鱈と、マンションと言いたがる。その点で、ミキはやはり変わっている女だった。

六階の六〇二号室のネーム・プレートに、川本ミキと記されていた。リビング・キッチンのほかに、八畳が一間あるだけだった。浴室とトイレは付いている。八畳間には、ダブルのベッドと三面鏡、それに衣裳簞笥《いしょうだんす》があった。

リビング・キッチンには、テーブルとソファのほかに家具らしいものはなかった。ただそれが趣味なのか窓際にサボテンの鉢植えが二十ぐらい並べてあり、壁のあちこちに全部で八つのギターが掛けてあった。これもまた変わった室内装飾だった。

テラスに出ると、正面に慶応大学の校舎が見えた。その手前に三田から目黒通りへ抜ける道が走っていて、自動車の往来が絶えなかった。朝日奈はソファにすわって、タバコをくわえた。テーブルの上の小さな籠《かご》の中に、マッチが幾つもはいっていた。

どれも同じマッチで、『クラブ・ソロ』と横文字で記してあった。ミキが働いている銀座のバーに違いなかった。朝日奈は、タバコに火をつけた。宙の一点を凝視した。宿なしの流浪の男になったのだと、朝日奈には奇妙な感慨があった。

結局はこうして、知り合ったばかりの女の住まいに転がり込んでしまっている。かつての朝日奈には、とてもできないことだった。確かに行くところがないという現実問題が、彼に厚かましさを発揮させたのである。しかし、それだけではない。

　やはり、当たり前の人間ではなくなったという気持が、大きく作用しているのだ。誰もが、自分の生存を認めてくれない。事実上、死んでいる人間だった。そうした異常な状態に置かれて、世間に背を向けてやろうという心境になった。

　常識など、無視していい。生きてゆくためには、臨機応変にやらなければならない。自尊心とか、意地とか見栄とか、エチケットとかにこだわる必要はない。つまり、なるようになるのであって、それに逆らわないことだった。

　一種の、拗《す》ね者である。言葉を失った上に、周囲の人間たちから拒絶された。拗ね者になるのが、当然かもしれなかった。拗ね者でなかったら、今日万福ビルを出た足で警察へ駆け込んでいたことだろう。警察で事情を説明すれば、朝日奈順が生存していることを証明する手段について何かあったに違いない。

　しかし、朝日奈には、そうする気力もなかった。飛行機にも乗れない。失語症が恢復《かいふく》しない限り、パイロットとしては働けない。そうであればもう、死んだということにされていても大して変わりはない。朝日奈は、何もかも面倒臭くなったのである。

「お風呂へ、はいりなさいよ」

　ミキが言った。朝日奈は立ち上がって、浴室へ向かった。ここまで来ておいて、遠慮しても意味はない。ベージュ色のタイルに、同色のポリエチレンの浴槽だった。こうした都会的な風呂にはいるのは、二カ月ぶりであった。

朝日奈は浴槽につかりながら、ミキという女との奇妙な縁について考えた。大都会は薄情であり、人間関係には断絶があるという。しかし、その反面には儀礼とかルールとかをヌキにした人と人との触れ合い、気まぐれとも思える関係が生ずるものらしい。

ミキは、変わっている女である。朝日奈もあまり、常識的な人間ではない。しかも、二人は孤独だった。そうした共通するものもあって、ミキは朝日奈に心の触れ合いを求めたのかもしれない。彼と一緒だと寂しさを意識しなくなるというふうに、ミキは感じたのではないか。

古い言い方をすれば、同病相憐れむである。孤独な人間同士という仲間意識で、確かに朝日奈とミキは自分の存在価値の点で似通っていた。朝日奈は、生きているのに死んだものとしての扱いを受けた。彼の存在価値は、完全にゼロだった。

ミキは、本来の父母の間に生まれた子という形で、誕生したのではなかった。父親は異国人であり、母親は酒場の女であった。その父親の欲望の排泄と、母親の売春行為の結果としてミキは生命を得た。歓迎されない副産物だったのだ。

ミキは二つの母国をもち、そのいずれからもソッポを向かれるという自分を感じた。しかも父親の顔を知らず、母親は死んだ。ミキは、自分が招かれずして誕生した人間であることに寂しさを感じている。招かれざる客の存在価値も、またゼロだからである。

風呂から上がると、洗濯機の上の籠に浴衣《ゆかた》とブリーフが入れてあった。洗濯はしてあるが、新品ではなかった。

「去年別れた彼のものなの。気持が悪くなかったら、それを使ってね」

ミキの声が、リビング・キッチンから飛んで来た。清潔にしてあるから、別に気持が悪いとは感じなかった。朝日奈はブリーフをはき、浴衣を着込んだ。浴室を出ると、カレーの匂いが彼の鼻腔《びこう》をついた。ミキが、カレーを作っているらしい。

この二カ月間、魚ばかり食べて来た。それだけに、カレーの匂いが食欲をそそった。ソファに戻ると、テーブルの上にブランディの瓶とグラスが置いてあった。クーラーが涼しいそよぎを送って来て、湯上がりの肌に心地よかった。

「一杯いかが?」

ミキが笑いながら、グラスにブランディを注いだ。胸当てのついた可愛らしいエプロンをしていた。朝日奈は、ブランディに口をつけた。久しぶりにその香を嗅《か》ぎ、舌で味わった。

「わたし、とても楽しいの。この部屋へお客さんを迎えるのは半年ぶりだし、それがあなたみたいな人でしょ。精々、歓待したいわ。と言っても、わたしが作れるお料理はカレーだけだけどね」

ミキも自分のグラスにブランディを注ぎ、一気に呷《あお》った。それから、間もなく食事になった。大盛りのカレーだった。味は、標準以上であった。朝日奈は皿に二回、お代わりをした。ミキは、それをひどく喜んだ。

食事がすんだあと、再びブランディになった。ブランディを飲みながら、ミキはこれまでの経緯についていろいろと質問した。朝日奈はゼスチュアと、簡単な筆記でそれに答えた。ミキにも、その不可解な事件の概要がのみ込めたようだった。

「つまり、その策謀者たちは、あなたが死んだものと思い込んでいたわけね」

ミキは、上目遣いに天井を見やった。朝日奈はそのとおりだというように、左手の親指と人さし指で輪を作った。目的は、完全犯罪による姫島大作殺しだった。五月十七日の朝、姫島大作を殺してトランクに詰め、荷物として『ヒメ号』に運び込んだ。

一方では『ヒメ号』の燃料タンクに、徐々にガソリン洩れがするような細工をほどこした。『ヒメ号』は飛び立ち、ガソリンが切れて四国の南の海上に墜落した。『ヒメ号』は大破し、姫島大作の死体が発見された。朝日奈は、行方不明になった。

姫島大作の死体は、墜落直後に発見されたわけではないだろう。従って、死亡時刻の多少のズレなど、わかりはしない。それに、墜落の激しいショックがあるから、姫島大作の身体に外傷があったとしても当然のこととされる。

朝日奈も、死亡したものと看做《みな》された。いろいろな状況や条件から推して、万が一にも生存していることはあり得ないと断定された。それもまた、当然なことだった。朝日奈が無事であったことのほうが、むしろおかしな話だったのである。

「でも、ひどいわね。社長殺しを事故に見せかけるために、何の関係もないあなたまで犠牲にしようとしたんだから……」

ミキは、両手を頭の後ろへ回した。長い髪の毛を揃《そろ》えて、両手で束ねている。そうすると、胸の隆起が一層目立った。

「墜落事故のことは新聞にも載っていたし、徳丸荘というアパートの管理人も天平食堂の父娘も、あなたが死んだものと思ったんでしょうね。徳丸荘の管理人のところへは万福観光の本社から、正式に知らせが行ったかもしれないわ。荷物を適当に処分してくれとか、部屋代が溜まってはいないかとか……」

ミキは、ブランディのグラスを手にした。ミキという女は鋭い洞察力を持っていると、朝日奈は思った。まったく、そのとおりなのだ。万福観光から、徳丸荘の青野芳子のところへ正式に、社長を乗せた飛行機が墜落して朝日奈も死亡殉職したと通知があったのに違いない。

朝日奈には、荷物を引き渡す身寄りもいない。そこで、彼の荷物を青野芳子は、勝手に処分した。ところが七月にはいってすぐ、死んだはずの朝日奈から電報が舞い込んだ。当分帰らないので荷物や部屋の処分を一任するという内容で、発信局は高知県の母島局であった。

青野芳子は、心臓が止まるくらい驚いたに違いない。青野芳子は真っ先に、万福観光のある人間と会ってその電報を見せた。そのXも大いに慌てたことだろう。死んだとばかり思っていた朝日奈が、ちゃんと生きていたのである。

しかも朝日奈が生きているとしたら、大変なことになる。あの日の『ヒメ号』のフライト・プランには、POB2つまり乗員及び乗客二人と記入してあった。そのために、遭難現場から姫島大作の死体が見つかっても、おかしくなかったのだ。

だが、朝日奈が生きていては、それを否定される恐れがある。朝日奈の性格からいって、金で口を封ずることは不可能だった。彼が証人になれば、『ヒメ号』に姫島大作は乗らなかったと主張するだろう。完全犯罪は、成り立たなくなる。

あくまで朝日奈を、死んだことにしておかなければならない。都合のいいことに飛行機にしか興味のない朝日奈は、人との付き合いをしなかった。生活範囲もせまく、調べたところによると彼を知る者は青野芳子、天平食堂の父娘のほかには万福観光の一部の人間だけだった。

そうした連中が揃って、朝日奈を朝日奈と認めなければ、彼を抹殺したも同じことになるのではないだろうか。Xはそう考えて、まず青野芳子に沈黙を迫った。しかし、彼女はそれを拒んだ、青野芳子のことだから、正義の気持からそうしたわけではないだろう。一儲けしようと企んだのだ。

Xの言動に秘密を感じ、脅迫して大金を出させようと考えたに違いない。だが、Xは青野芳子を信用しなかった。一度金を与えたからといって、それだけですむ女ではない。そう判断して、Xは青野芳子の要求に応じなかった。

天平食堂の父娘に対しては、Xは大金を出している。朝日奈と親しかったという娘の洋子の口を封ずることは、まず困難だといっていい。そこでどこか遠くへ、移り住むようにさせることをXは考えた。その代わり、高級レストランをやれるだけの出資はするという条件だったのだ。

天平食堂の主人は、その取り引きに応じた。天平食堂はその翌日には廃業して、父娘ともどもXが指定した遠くのどこかへ移転して行ったのである。青野芳子のほうは、交渉決裂となった。そうしたことで電報を受け取ってから青野芳子が四国へ向かうまでに、一週間の空白が生じたのであった。

青野芳子は朝日奈を捜し出して、彼を武器に改めてXを脅迫する魂胆だったのだろう。

しかし、Xのほうはその青野芳子を、消すつもりでいたのだ。Xの命令を受けた人間が高知県宿毛市付近の国道五十六号線で轢《ひ》き逃げを装い、盗んだ乗用車をぶつけ青野芳子を殺したのである。

Xは万福観光の秘書課長峰岸敏彦とその父親の峰岸嘉平、それに大川美鈴たちの口ももちろん封じた。徳丸荘の朝日奈が借りていた部屋に屯《たむ》ろしていたガラの悪い連中も、Xに金で雇われたチンピラどもだったのだろう。あの部屋へ朝日奈が現れたら、いやがらせをして叩き出せという命令を受けていたのに違いない。

「Xって、誰かしら」

朝日奈が紙に書いた『X』を見て、ミキが言った。

「姫島という社長が死ぬと、いちばん得する人。そうでなければ、社長を最も憎んでいた人ね」

当然、そういうことになる。しかし、Xひとりだけの犯行ではない。Xは、何人かを動員している。朝日奈は、Xが何人かを操っている陰の人物であるような気がした。朝日奈の脳裡に、ひとりの人間が浮かび上がった。まだ、一度も会ったことのない人間である。話だけは、いろいろと噂で聞いていた。

朝日奈は紙に、まず『社長夫人に会ってみる』と書いた。その夜ミキは八畳のベッドで、朝日奈はリビング・キッチンのソファで眠った。

3

翌朝十時前に、朝日奈は森口マンションを出た。彼ひとりだけだった。朝日奈は、国電の田町駅まで歩いて行った。タクシーに乗るのが、億劫《おっくう》だったのである。初めて行くところだし、運転手にどの辺だと訊《き》かれても、口がきけないのだ。

自動販売機で、新宿までの切符を買った。新宿からは、小田急線であった。成城学園駅で降りた。姫島邸は、成城大学のすぐ近くにあるとしか聞いていなかった。朝日奈は、成城大学の周囲を一巡した。このあたりには、多少だが郊外の名残りがあった。

大学は夏休みで、ひっそりとしていた。緑が多く、思い出したように蟬の声がした。人《ひと》気《け》のない舗装道路に濃淡の緑が落ちている木陰と、日射しを受けている部分との縞模様ができている。大学の裏手にある広壮な大邸宅の門に、姫島の表札を認めた。

まさに、大邸宅である。左右から車道が門の前へと小さな坂を作り、中央部には階段があった。門の幅が広く、高い鉄柵で閉じてある。右側に、通用口があった。大谷石の塀が長く続き、その内側は鬱蒼《うっそう》とした樹木の茂みだった。

門の中は芝生の中央を舗装された道がのびていて、三階建ての洋館に通じている。白い建物で、ロココ調の重厚で豪華な洋館であった。それほど新しいという感じはしない。名のある財界人からでも買い取って、手を入れたという家なのだろう。

朝日奈は通用口から、門の中へはいった。邸内は、静まり返っている。地上で木の葉の影が細かく揺れ、頭上では日の光がチカチカしていた。二本の円柱の奥に、玄関があった。その前に、こっちへ向けて高級乗用車が停めてある。

飴色《あめいろ》の車体が、鈍く光っていた。ベンツである。万福観光の自動車で、社長の専用であった。運転手が、運転席のシートに凭《もた》れかかって、目を閉じている。そのベンツに乗って来たからには、万福観光の新しい社長だということになる。

姫島大作が死んだあと、新任の社長が決まったはずである。大株主は姫島大作の未亡人ルリ子だろうが、まさか彼女が社長になるとは考えられない。順当な後継者となると、矢ノ倉専務のほかにはいなかった。朝日奈は反射的に、植え込みの陰へ飛び込んだ。

玄関の扉が、開かれたのである。運転手が慌てて運転席を出ると、車の後部へ回ってドアをあけた。二つの人影が、二本の円柱の間から現われた。ベンツに乗り込んだのは、果たして矢ノ倉専務であった。六十すぎの男が、それを見送って一礼した。

ベンツは走り出して、朝日奈の前を通りすぎて行った。それが門の前で停まり運転手が降りて来て鉄柵をあけ、ベンツを外へ出してからまた鉄柵を元通りに戻して走り去るまでを、朝日奈は植え込みの陰で過した。邸内は、再び静かになった。

矢ノ倉専務、いや新社長は何のために、ルリ子未亡人を訪れたのだろうか。朝日奈が真っ先に疑問を感じたのは、ルリ子未亡人に対してであった。これという根拠はない。朝日奈の直感である。ルリ子未亡人が表面には姿を見せずに、何人かを操る黒幕的な女のように感じられたのだった。

それに、ルリ子未亡人には、姫島大作を殺す動機がある。一つは姫島大作の死によって、ルリ子未亡人は多くの利益を得られることだった。姫島の遺産相続権を持つのは、ルリ子未亡人だけであった。もう一つは、複雑に投影する憎悪だった。

ルリ子は、人形妻であった。夫を愛してもいなかった。しかし、ただそれだけではない。ルリ子は、夫を心から軽蔑していた。人生観から教養、趣味、育ち、年齢に至るまで夫婦の間には差がありすぎた。ルリ子はやむなく姫島の妻となったのだ。

その姫島がせめてルリ子に夢中であれば、彼女も夫を軽蔑するだけですんだかもしれない。だが姫島は、ルリ子を形だけでも妻にすれば満足なのであり、それ以上の誠意は示さなかった。

ルリ子同伴で出かけることもなく、彼女が嫉妬《しっと》しないのをいいことに姫島は女道楽をやめなかった。結果として、この成り上がりがと軽蔑していたルリ子のほうが、逆に姫島に侮辱されていたということにはならないだろうか。

姫島の侮辱を受けるのは、誇り高いルリ子にとって耐え難いことである。しかも、このままであれば、姫島に侮辱され続けなければならない。彼が離婚を許すはずはない。憎むべき姫島を殺し、その侮辱から解放されることをルリ子は願ったのではないか。

そのルリ子のところへ、矢ノ倉が来ていた。矢ノ倉もまた、姫島大作の死によって、社長のポストを獲得できた男である。ルリ子も矢ノ倉も、ともに姫島が死んだことで利益を得た。二人が同じ穴のムジナだということも、充分に考えられるではないか。

「野郎！」

不意に、反対側の植え込みの陰から、若い男が飛び出して来た。もうひとりの男が、朝日奈の背後へ回った。殴りかかって来た正面の男の右手首を摑《つか》むと、その左の顎へ続けざまにフックを叩き込んだ。

「殺すぞ、朝日奈！」

と、背後から、もうひとりの男が躍りかかって来た。朝日奈という名前を知っている。彼は背を丸めると、腰のバネで男を弾き飛ばした。男は大きく半回転して、朝日奈の前にいた仲間の上に落下した。二人の男は、重なり合って倒れた。

起き上がろうとした男の顎を、朝日奈は蹴り上げた。その男は立ち上がれずに、腰の抜けたような後退の仕方をして小さな噴水の中へ落ち込んだ。もうひとりの男も朝日奈の強烈な左右のストレートを受けて、植え込みの中へ転がり込んだまま出て来なかった。

朝日奈は、玄関へ近づいた。ルリ子未亡人もまたあんな男たちを雇って、朝日奈を近づけまいとしているのだった。それにしても、彼がここへ来ることを予期していて、名前まで男たちに教えてあったとは恐れ入る。朝日奈は、そう思った。

玄関にベルらしいものはなく、銀色の鎖が一本垂れ下がっているだけだった。朝日奈はその鎖を、引っ張ってみた。ちょっと間を置いて、マイクにスイッチを入れたときのような音にはならない音が聞こえて来た。

「どちらさまでございましょうか」

と、女の声が言った。どこから聞えて来るのか、見当がつかなかった。

「どうぞ、そこでお話し下さい。こちらへ、聞えます」

女の声が、重ねて促した。これには、朝日奈も困った。何か言いたくても、口がきけないのである。彼は仕方なく、もう一度鎖を引っ張った。

「どちらさまでございましょう。お答え頂けませんか」

女の声も、困っているような感じである。朝日奈は、また鎖を引っ張った。

「わかりました。ただいま、参ります」

女の声はそう言って、プスッとスイッチを切るような音がした。何かの事情でものが言えない客だと、察しをつけたらしい。しばらくして、扉が内側から開かれた。三十すぎの和服姿の女が、警戒するような顔を覗《のぞ》かせた。女中に違いなかった。

朝日奈は、紙を差し出した。用意して来たもので、それには『姫島夫人に、お会いしたい。朝日奈と申します』と書いてあった。それを受け取りながら、女中は胡散臭《うさんくさ》そうな目で彼を見やった。この邸《やしき》を訪れるのに相応《ふさわ》しくない客と、思ったのだろう。

朝日奈は自分の唇を指さしてから、手を振って見せた。口がきけないと、伝えたつもりだった。女中は、中途半端な頷き方をした。それから、手渡された紙片に、目を落とした。その背後に広い玄関の内部と、重々しい白塗りの扉があるのが見えた。

「少々、お待ち下さい」

女中は引っ込んで、右側の奥へ消えた。今度は大分、手間がかかった。ルリ子が、会いたがらないのかもしれない。用心棒に待ち伏せをさせておいたくらいだから、それは当然であった。あるいは何か対策を協議しているということも考えられた。
四、五分も、待たされただろうか。中央の扉が開かれて、女中ではなく六十すぎの男が現われた。さっき、矢ノ倉を見送りに出て来た男で、白髪を短く刈り込んだ頭をしていた。白い背広に、黒いネクタイをしている。洋画に出て来る金持ちの家の執事という感じがした。

「どうぞ、お上がり下さい」

男は、一礼した。無愛想だが、万事に丁寧であった。朝日奈は靴を脱ぎ、赤い絨毯《じゅうたん》を踏んだ。男のあとに従って、白い扉の奥へ入った。そこは大広間になっていて、左右から階段がカーブを描いて二階へ通じていた。天井は吹き抜けで、高いところに豪華なシャンデリアがあった。

男は、左側から階段を上がった。二階の中央の扉をあけて、廊下を真《ま》っ直《す》ぐに歩いた。その突き当たりにも、白塗りの扉があった。絨毯は赤、壁と扉は白で統一されている。男は突き当たりの扉をノックしてから、チラッと朝日奈のほうを振り返った。

応答はなかったが、男は扉を押し開いた。男は先に室内へはいり、朝日奈にどうぞという身振りを示した。その部屋は広く豪華で、執務室という感じがした。少なくとも、応接室ではなかった。正面に大きなデスクが据えてあった。

壁は一方だけで、あとの三方はガラスだった。ガラスの一部は開閉できるようになっていて、その周囲がバルコニーであった。三方のガラスには、レースのカーテンが引いてある。そのカーテン越しに、芝生に被《おお》われた庭園が見えた。

室内の装飾品は銀製に限られていて、ソファ、アーム・チェア、洋酒のセット、世界的に知られている百科事典などが揃っている書籍棚といったものが置いてあった。女がひとり、背を向けて立っていた。庭園をぼんやり眺めている、という後ろ姿である。

ルリ子であった。思ったより、小柄な身体つきをしている。長い髪を無造作に背中へ垂らし、コバルト・ブルーの髪飾りをつけている。それと同じコバルト・ブルーのチュール・レースという身装《みな》りで、アンダー・ドレスは白であった。マキシである。銀色の室内用の靴をはいている。

「奥さま……」

と、六十すぎの男が、ルリ子の背中に声をかけた。ルリ子はゆっくりと、全身で振り返った。確かに、病的に美しい女だった。睫毛《まつげ》の長い大きな目、痩せ型の細面《ほそおもて》、細い首と見るからに腺病質な印象だった。鼻筋が通り、薄い唇が濡《ぬ》れているように光っていた。

気品があった。自尊心とともに、気も強そうである。ひどく、冷たい感じがした。全体的に暗いムードを漂わせているのは、容貌に神秘的な翳りがあるせいだった。ルリ子は、無表情であった。もの怖《お》じしない目で、しばらく朝日奈を瞶《みつ》めていた。

それから無言で、ルリ子はソファを指さした。そこに、すわれという意味である。朝日奈は、その通りにした。ルリ子は、特に若くは見えなかった。知性が冷やかさになり、教養が女らしさを殺しているのだ。二十七歳という年に見えた。

「口がきけないそうですね」

ルリ子が、初めて言葉を口にした。声にはやはり、女っぽい円味《まるみ》と甘さがあった。ルリ子は、立ったままだった。少し離れて、六十すぎの男も同じように立っていた。

「藤島さん……」

その男のほうを見ずに言って、ルリ子は何かを書くような手つきをした。藤島と呼ばれた男は、小さな黒板とチョークを持って来て朝日奈の前に置いた。朝日奈は早速チョークを左手に持つと、黒板に『純粋運動失語症』と書いた。

「失語症……」

ルリ子は、そう呟いた。

「ところで、あなたは朝日奈さんだそうですね」

ルリ子は冷たい視線を、朝日奈の顔へ戻した。朝日奈は頷いた。

「朝日奈順さんですか」

箱の中のタバコを一本摘まみ出すと、ルリ子はそれを銀色の細長いパイプに詰めた。藤島という男が近づいて、ライターの火をつけた。

「朝日奈順さんというパイロットがいたことは、生前の姫島から何度か聞かされていましたわ」

ルリ子は、紫色の煙を吐き出した。肺まで吸い込んではいない。タバコは形だけで、吸えないらしい。

「でも、そのパイロットの朝日奈順さんは五月の十七日に、姫島と一緒に飛行機の遭難で死んだんです」

ルリ子は、訴えるような朝日奈の目を無視した。

「あなたは、その朝日奈順さんだと言いたいのかもしれません。でも、わたくしは朝日奈順という人の生前の顔も知らないし、一度も会ったことがないんです。ですから、あなたがその朝日奈順さんだと、わたくしには認めることができませんわ」

ルリ子は朝日奈に背を向けて、また吸えないタバコの煙を細く吐き出した。

4

藤島という男について、ルリ子は自分の相談役だと紹介した。姫島の死後、実家から頼れる男として呼び寄せたのかもしれない。ルリ子の私設秘書みたいなものであり、執事同様にこの家の一切を切り盛りしているようである。一応、万福観光とは無関係な人間と、見てよさそうであった。

「姫島社長の遺体は遭難三日後の、五月二十日の朝に発見されました」

その藤島が、朝日奈に説明を始めた。

「奥さまからの連絡を受けまして、九州のご実家の代表としてわたしが姫島社長の遺体確認に駆けつけました。わたしはご結婚以前の奥さまと交際中の姫島社長に、ご結婚式の打ち合わせなどで何度もお目にかかり、よくお顔を存じ上げていたからです」

「そうでしたねえ」

ルリ子が、背中でポツリと言った。

「はい」

藤島はルリ子の後ろ姿に会釈を送ってから、再び朝日奈のほうに向きなおった。

「姫島社長の遺体は、九州の日向市の細島港へ船で運ばれました。そこにはすでに万福観光の主だった方たちがいらしてまして、わたしもそれに加わって姫島社長の遺体を確認しました」

「もっと詳しく、説明して差し上げたほうがいいわ」

ルリ子が、ゆっくりと部屋の隅へ向かって歩いた。

「承知致しました」

藤島は一礼して、更に言葉を続けた。

「確認の結果、姫島社長の遺体に間違いありませんでした。お顔はそっくりそのままで、損なわれていなかったのです。万福観光の人たちも、間違いないことを認められました。検屍に見えた係官が、首の骨が折れて後頭部に損傷があると話しておりました。墜落の衝撃でそうなり、即死だっただろうということでした」

藤島は、真剣そのものの面持ちだった。墜落の衝撃で、そうなったのではない。その衝撃では、ただトランクの蓋が開いただけなのだ。姫島はその日の朝、すでに後頭部に激しい一撃を受けて、首の骨を折り死んでいたのである。

「同乗のパイロットも、間違いなく死んだものと判断されましたわ」

部屋の隅から、ルリ子が戻って来た。両手にコップを持っていた。ルリ子はそのうちの一つを、朝日奈の前に置いた。

「はい。その場で、パイロットも死亡したという結論が出されました」

藤島が、そのあとを続けた。

「姫島社長は、お骨となって帰京されました。五月二十三日には万福観光の社葬ということで、盛大な葬儀がとり行われました。その翌々日には、パイロットの朝日奈氏の仮の葬儀が内輪だけでですが、このお屋敷で行われたんです」

「でも念のために、その後一カ月間はどこかで朝日奈さんが生きているという消息はないか、待ってみたんでしたわね」

「はい。それは奥さまの、お申し出によるものでした」

「ところが一カ月待っても、何の消息もありませんでしたわ」

「それで、もう百パーセント死んでいて、ただ死体が見つからないだけなのだと、改めて確認されたのです」

「そのために、万福観光では朝日奈さんの失踪宣告請求を、家庭裁判所に出すことになったんです」

「はい。万福観光としては朝日奈さんに支払う退職金の問題、生命保険の件などがあって失踪宣告請求が必要だとか言っておりましたが……」

「それに、朝日奈さんには肉親も身寄りもないので、誰かが代わって朝日奈さんの戸籍上の生死を、はっきりさせてあげなくてはならなかったんでしょうね」

ルリ子は、コップの中身にちょっぴり口をつけた。朝日奈も、それを飲んだ。カンパリソーダーだった。失踪宣告請求ということについて、彼にも若干の知識があった。生死不明というより殆ど死んだ可能性のほうが強いのに死体が確認されなかったりした場合、裁判所に請求して死亡確定の宣告をもらう行為が失踪宣告請求であった。

従って、失踪宣告を受けた人間は、死亡したものと看做される。この手続きは普通、相続人とか配偶者、債権者など法律上の利害関係を持つ人間が請求する。失踪宣告がなされると、財産相続の権利を得られるし、配偶者は再婚も許されるからであった。

藤島は万福観光が、家庭裁判所に朝日奈の失踪宣告を請求したと言った。それも、決してできないことではなかった。万福観光では肉親や家族のいない社員が死亡した場合、その退職金を社会事業団に寄付するという規定になっている。

それに、朝日奈は会社の団体保険に加入していた。保険者の最終的な受取人は当人だったが、被保険者が死亡したからには保険会社への手続きの代行も万福観光でやらなければならない。またルリ子が指摘したように、親類縁者もいない朝日奈の生死不明の状態を、そのままにしておくわけにはいかない。

彼の勤め先だった万福観光としても、知らん顔はできないというわけである。そこで、朝日奈の死を法律的に明確にするために、失踪宣告の請求をしたというのだった。何か好意的で親切なように思われるが、それは一種の義務感からやったことなのだろう。

姫島大作を殺すために、何の罪もない朝日奈まで犠牲にしてしまった。せめて死後のことぐらい面倒を見てやらなければという良心の咎《とが》めから、朝日奈の仮の葬式から失踪の請求までやる気になったのに違いない。同時に、それほど朝日奈の死を、確信していたのだった。

「万福観光の顧問弁護士が家庭裁判所に、朝日奈さんの失踪宣告の請求をしたのは、確か六月二十日でした」

藤島が言った。

「それも、緊急失踪宣告の請求でしたわ」

ルリ子は、カンパリソーダーのコップを口へ運んだ。

「はい。普通の失踪宣告ですと、七年間待って行われます。しかし、船舶の沈没とか、飛行機の墜落といった死亡はほぼ間違いないという場合ですと、緊急の失踪宣告となり一年後には発効するわけです」

「朝日奈さんは来年の六月二十日すぎには、戸籍からも死亡ということで抹殺されるわけね」

「はい、奥さま……」

「そういうことで、朝日奈さんはもうこの世にいないんですの」

ルリ子は、朝日奈を見やった。これでも感情のある女なのだろうかと疑うほど、彼女の目は冷たく凍ったような表情だった。朝日奈は首を振りながら、黒板に書いてあった字を消した。彼が黒板に新たにチョークを走らせるのを尻目に、ルリ子は正面のガラスの扉をあけた。

バルコニーの照り返しが、むっとするような熱気となって流れ込んで来た。ルリ子は、ガラスの扉をしめた。そのまま外へ、視線を投げている。ぼんやり外を眺めているというのが、ルリ子の一日の大半なのかもしれなかった。

「藤島さん。読んでみて下さい」

振り向きもしないで、ルリ子は言った。

「はい、奥さま……」

藤島が背後から、朝日奈の手許を覗き込んだ。

「五月十七日、ぼくは姫島氏を乗せては、飛ばなかった……」

藤島は事務的な口調で、黒板に記されている字を正確に読んだ。

「それは、どういうことなんです」

ルリ子は依然として、後ろ姿だけを見せていた。朝日奈は、黒板にチョークで乱暴な字を書いた。

「飛行機の墜落は事故ではない……」

藤島が、黒板の字を読んだ。

「では、どうして墜落したんでしょう」

ルリ子が言った。

「何者かが、燃料洩れの細工をした……」

藤島が、朝日奈の返事を代読した。

「死んだ朝日奈さんがそれを聞いたら、さぞ喜ぶことでしょう。パイロットには、何の責任もなかったのだってね」

ルリ子はデスクに近づいて、またタバコを長いパイプに押し込んだ。朝日奈のほうを、見ようともしなかった。ルリ子は自分でタバコにライターの火を移すと、レースのカーテンの前をゆっくりと往復した。

「どうぞ、続けて……」

ルリ子は、床に目を落としながら藤島を促した。藤島は、黒板とルリ子を交互に見やった。そこに書いてある文字を読むことに、逡巡を覚えているのだ。

「姫島氏は事故死ではなく、殺されたのだ……」

藤島は恐る恐るそう読んだ。ルリ子に、特別な反応は見られなかった。何を考えているのかわからない。歩きながら、肩を一方へ傾けるようにしただけである。

「どうして、そう言えるのかしら」

しばらくして、ルリ子はそう言った。朝日奈が黒板に字を書くチョークの音だけが、コツコツと聞えた。

「五月十七日、ぼくはトランク詰めにされた姫島氏の死体を乗せて、飛び立ったのに間違いない……」

藤島の声が、かすれ気味だった。

「そんなことを言われても、困るんです。わたくしはあなたのことを、パイロットの朝日奈さんだとは思っていませんので……」

ルリ子は、歩きながら首を軽く振った。朝日奈の表情が、厳しくなった。彼は字を書いた黒板を、押しつけるように藤島に手渡した。黒板に目を走らせたとたん、藤島の表情が固くなった。藤島はまたしても、声に出して読むことを躊躇《ちゅうちょ》しているようだった。

「どうしたんです、藤島さん」

「は、はい。奥さま……」

「どうぞ、読んで下さい」

「それが」

「いいんです」

「はい」

仕方がないというように、藤島は黒板を持ちなおした。

「夫が殺されたと聞いても、驚かない。ぼくはあなたこそ、糸を引いた犯人ではないかと思っている」

藤島はやや口早に読んでから、ルリ子の顔色を窺《うかが》うような目になった。ルリ子が、足を止めた。静かに顔を上げて、感情のない目を朝日奈に据えた。冷静そのものというより、まったくの無表情さであった。怒ってもいないようである。

「どこのどなたかは存じ上げませんが、あなたは何も知っていないのです」

ルリ子の声も語調も、これまでと少しも変わらなかった。

「わたくしにとって、生死に拘《かかわ》らず姫島の存在は無に等しかったのです。姫島が死のうと生きようと、また事故死であろうと殺されたんであろうと、わたくしには天候以上に関心のないことなんですわ」

ルリ子は、パイプごとタバコを灰皿の中へ入れた。

「それに、あなたがどう解釈なさろうと、ご勝手です。わたくしは自分が殺人犯にされようと、そのことにすら関心を持てないのですから……」

ルリ子は、アーム・チェアの一つに身を沈めた。彼女はそっと脚を組み、椅子の背に凭《もた》れて目を閉じた。朝日奈は藤島から黒板を奪い取るようにして、それにチョークを走らせた。

「奥さま。お読みしましょうか」

藤島が言った。

「どうぞ……」

ルリ子は目を閉じたまま、身動き一つしなかった。

「ここへ矢ノ倉が来ていたのは、どういうわけなのか……」

藤島は今度もまた遠慮がちに、黒板の字を読んだ。

「藤島さんから説明してあげて……」

いかにも面倒臭そうに、ルリ子はもの憂く顔の前で手を振った。

「承知しました」

藤島は、朝日奈の横へ回って来た。

「矢ノ倉社長が今日ここへ見えられたのは、奥さまがお呼びになったからです。奥さまは万福観光の株券その他の旦那さまの遺産をすべて処分したいからと、矢ノ倉社長に申し出られたのです」

藤島の説明というのは、それだけのことだった。

「わたくし、ひどく疲れましたので、これで失礼します」

ルリ子が、短い溜息をついた。朝日奈のほうを、見ようともしない。目を閉じたままである。立ち上がる気配もなかった。

「どうぞ、お引き取りを……」

藤島が、丁寧に一礼した。朝日奈は立ち上がって、黒板をソファの上へ投げ捨てるようにした。ドアへ向かう朝日奈の後ろ姿を、一瞬目をあけたルリ子が見送ったことに、彼は気づかなかった。

5

五日がすぎた。朝日奈はその間、森口マンションの六〇二号室で過ごした。川本ミキは、よく面倒を見てくれた。朝日奈は終日、部屋の中にいた。ミキは夕方六時になると、銀座の店へ出かけて行く。帰って来るのは、十二時をすぎてからだった。

まるで、ヒモの生活である。ミキに養ってもらっているのだ。心苦しいが、仕方のないことだった。混血のミキは、人一倍寂しがり屋であった。勤めから帰って来るときも、部屋には朝日奈がいると思うと、とても楽しいと彼女は言っていた。

しかし、朝日奈の頭にいつもあるのは、ほかの女のことだった。ルリ子である。ルリ子に会って以来、彼女のことが忘れられなかった。飛行機以外のものが、これほど朝日奈の心を占めたことは、これまでに一度もなかった。ルリ子に会ってみて、彼女に対する疑惑はますます深まった。

ルリ子ひとりの計画犯罪とは思わない。共犯者がいる。矢ノ倉新社長である。姫島大作が死ねば、ルリ子は憎悪と軽蔑の対象から解放され、莫大な遺産を手に入れることができる。同時に、矢ノ倉も専務から社長に昇格して、名実ともに万福観光の実権を握れるのであった。

二人はともに、大きな利益を得られるのである。あるいはルリ子と矢ノ倉の間に、男女関係という特別な結びつきがあるかもしれなかった。矢ノ倉は姫島大作と違って、教養のある紳士だった。ルリ子同様、外国生活の経験もあるらしい。

矢ノ倉は、姫島よりも更に年をとっている。六十歳であった。しかし、男女の仲に、年齢の開きはそれほど影響しない。矢ノ倉の外見はスマートで、外交官といった感じである。頭は銀髪だが、血色はいいし若々しかった。老人臭さは、微塵《みじん》もない。

しかも、矢ノ倉は十年来、独身を通していた。健康だし、男としての性的機能もまだ完全なのに違いない。ルリ子と深い仲にあったとしても、決して不思議ではなかった。そう思いながらも、朝日奈はルリ子の謎めいた神秘性に強く惹《ひ》かれているのだった。

恋とか愛とか、そんな甘い感情ではなかった。ルリ子のような女を抱いてみたい、という直線的な欲望であった。

六日目に、朝日奈は再び成城の姫島邸を訪れた。しかし、藤島が玄関へ出て来て、今日はお会いしたくないそうですと告げた。朝日奈はその翌日も、姫島邸へ足を向けた。しかし、結果は同じだった。そうなると、もう意地であった。

朝日奈は次の日もまた、姫島邸の門をくぐった。何とかしてもう一度、ルリ子に会ってみたかった。彼女の心の中にあるものを探り出すことと、顔を見たいという気持ちと目的は二つあった。この日は、玄関へ通ずる道の端に女がしゃがみ込んでいた。

いつも、玄関へ出て来る女中であった。彼女は、芝生の中の雑草をむしり取っていた。女中は朝日奈を見ると、また来たのかというように苦笑した。女中は立ち上がって、額の汗を手の甲で拭った。

「お気の毒ですけど、今日も駄目なんですよ。奥さまは、朝からお出かけで……」

女中はそう言った。嘘をつけるような女ではない。事実、ルリ子は出かけているのだろう。留守であれば、仕方がなかった。朝日奈は、そのまますぐ背を向けた。

「それから、明日からの四、五日も、奥さまはお留守ですよ」

と、女中の声が、追いかけて来た。朝日奈は、立ち止まった。

「奥さまは明日の一番の日航機で、北海道へ行かれるんです。札幌の万福観光ホテルに、お泊まりで……」

女中としては、余計なお喋りであった。それを承知で、あえて朝日奈に教えたのだ。女中は、口のきけない彼に、同情したのかもしれなかった。

森口マンションへ帰って来ると、朝日奈はすぐ『明日一番の日航機で札幌へ行く』と紙に書いてミキに見せた。

「まあ、素敵！ わたしも一緒に、行こうっと」

それが当然というように、ミキは言った。朝日奈は、首を振った。

「あら、どうしてなの。お店があるって言いたいの？」

ミキは、不満そうに口を尖《とが》らした。そんなわけではなかったが、朝日奈は頷いて見せた。

「お店なら、大丈夫よ」

ミキは、得意げな顔で言った。朝日奈は、再び首を振った。

「だって、わたしまだ一度も、北海道へ行ったことがないんだもの」

ミキは電話帳を調べて、電話機に近づいた。朝日奈は、ポケットから有り金を残らず摑み出した。一万八千円しかなかった。これだけが全財産であることを、彼はミキの目の前で見せつけた。

「何だ、そんなことが心配だったの。それじゃあ、あなたひとり分としたってたりないわよ。わたし、五万や十万ぐらいのお金なら、何とでもなるわ」

ミキは、笑いながらダイヤルを回した。電話は、短いやりとりで終わった。

「日航の朝の一番は、七時十分発ですって……。それから、ホテルを予約しておかなければならないわ。どこに、泊まるの？」

ミキは、朝日奈を振り返った。朝日奈は、『万福観光ホテル』と書いて、ミキに手渡した。彼は浴室へ行って、手と顔を洗った。洗いながら、ミキを連れて行くほかはない。ミキがいるから、こうして飛行機の時間もわかるし、ホテルの予約もできる。

札幌へ行ってもミキのような杖がなければ、朝日奈には何一つできないのではないか。彼は言葉を失った不自由さを、改めて痛感したのだった。その夜、ミキは二枚の航空券を買って帰って来た。それから、簡単な旅行の支度を整えた。

翌朝、二人は七時に羽田空港の国内線ロビーにはいった。凶器所持の検査を終えた客が、移動を始めているところだった。ルリ子の姿は、すぐ目についた。白いスーツに白い帽子をかぶり、サン・グラスをかけていた。スーツ・ケースを提げた藤島が一緒だった。

藤島が朝日奈に気づいて、おやっという顔をした。しかし、すぐ驚きの色を隠して、さりげなく目礼を送って来た。その藤島が、ルリ子の耳許に何事か囁《ささや》いた。朝日奈がいることを、伝えたのに違いない。しかし、ルリ子は知らん顔で、朝日奈のほうを見ようとはしなかった。

機内は、満席だった。ルリ子とはかなり離れた席に、朝日奈とミキはすわった。札幌行き五〇一便は、五分以上遅れて離陸した。操縦しているときと、客として乗っている場合では、気分がまったく違っていた。飛行機はやはり操縦するものだと、朝日奈は胸のうちで呟いた。

飛行機は定刻より五分遅れて、八時三十分に千歳空港に着陸した。真ん中あたりの席にいた朝日奈たちは、最後に地上へ降り立った。ルリ子の姿は見当たらなかった。しかし、ターミナルを出たところで、車に乗り込むルリ子を認めた。

タクシーでは、なかった。白ナンバーの外車である。札幌の万福観光ホテルの、車に違いなかった。藤島は、助手席に乗った。後部座席には、すでに男がひとり乗っていたのである。ルリ子を迎えに来た人物なのだ。車が走り出したとき、ルリ子の帽子と並んでいる男の頭が見えた。

銀髪だった。矢ノ倉である。矢ノ倉も、札幌に来ていたのだ。そこで、ルリ子と落ち合う。二人は数日を、万福ホテルで過ごすことになっているのだろう。密会というより、逃避行の感じであった。ルリ子と矢ノ倉は、推測どおり特別な間柄なのだった。

朝日奈とミキは、タクシーに乗った。タクシーの中で、ミキは朝日奈の腕に縋《すが》るようにした。二人はこれまで、手を触れ合わせたこともなかった。ミキはそんなことを、意識していないようであった。そのくらい北海道へ来たことが、感激であり嬉しいのだろう。

一時間かかって、札幌市内へはいった。豊平橋を渡り、間もなく国道三十六号線からそれて南へ下った。中島公園のすぐ北に、洋菓子のような華麗な建物があった。幅が広くて厚味がないという新しいタイプのビルで、全体的に眩《まぶ》しいほど白っぽかった。

六月にオープンしたばかりの、地下三階、地上十四階の万福観光ホテルである。地上二階から十四階までは全部客室で、一階にはロビー、ダイニング・ルーム、宴会場などがあった。地下一階は、天ぷら、鮨、それにみやげものの名店街だった。

地下二階は駐車場で、地下三階はボイラーや電気などの機械室になっている。庭にはプール、温室、小さいながらスケート場まで整備されていた。

広いロビーやフロントに、ルリ子と矢ノ倉の姿はなかった。直接、部屋へ向かったのだろう。もちろん、どこの部屋がルリ子のために用意されているか、見当もつかなかった。ボーイに訊いても、教えるはずはない。どうせ、特別な部屋を矢ノ倉やルリ子は、使うことになるのだ。

ミキが予約した部屋は、一四二五号室であった。いちばん上の、十四階にある部屋だった。ツインの客室として、特に変わってはいなかった。それほど高級でもなし、かと言って安っぽくもないという部屋である。ただ、窓からの眺めは、悪くなかった。

　豊平川沿いの札幌の南の市街地が一望にできて、右手にはロープ・ウエイのある藻岩山が見えていた。ミキは目を細めて、その茫漠とした景観に見入っていた。朝日奈は、ミキの肩を叩いた。振り向いたミキに、彼はものを食べる仕種《しぐさ》をして見せた。

「そうね。お腹《なか》すいたわね」

　ミキは、照れ臭そうに笑った。朝から、まだ何も食べていないのだ。

「ちょっと、待って……」

　ドアへ向こうとする朝日奈の前に、ミキが素早く回り込んだ。彼女は、朝日奈を見上げた。何かに縋るようなその目に、ある種の感情がこめられていた。男の行動を、待っている女の目であった。

「キスして……」

　ミキは、朝日奈の胸に身体を寄せた。朝日奈は苦笑した。女はムードに弱い。現実を離れて遠い旅先にいると思うと、ふとそんな気になるのかもしれなかった。

「わたしたちって、男と女でしょ。もう十日も一緒に暮らしていて、キスしたこともないなんて変だわ」

ミキは、真剣だった。憑《つ》かれたような目をしている。朝日奈は仕方なく、ミキの肩に手を回した。ミキは、彼の腕の中に倒れ込み、目を閉じた。形だけ唇を触れ合わせると、彼女は朝日奈の首に両腕を巻きつけて、引き寄せるようにした。

ミキは、唇を開いた。朝日奈も、それに合わせないわけにはいかなかった。彼の舌が、強く吸い込まれた。ミキの瞼《まぶた》がピンク色に染まり、長い睫毛が微《かす》かに震えていた。特に巧みというわけではないが、情熱的な接吻にアメリカ人の血が感じられた。

長い接吻のあと、ミキは喘《あえ》ぎながら朝日奈の胸に顔を押しつけた。息の乱れが整うと、彼女は朝日奈を見上げて晴れ晴れとした笑顔を見せた。それで気がすんだというように、ミキは彼の手をとって歩き出した。部屋を出て、エレベーターに乗った。

地下一階まで降りた。しかし、そこへ行ってから、まだ時間的に早すぎたと気がついた。天ぷら屋、鮨屋、鰻、カニ料理、ジンギスカン鍋、スキヤキとシャブシャブの店、喫茶店などが並んでいるが、どの店もまだ営業していなかった。

これらの店は、昼食から始めるのであった。客の姿はもちろん、人影はまったくない。みやげもの売場に、女店員がいるだけだった。『準備中』の札がかかっている喫茶店や天ぷら屋の店内で、従業員たちが忙しく動き回っている気配だけはしていた。

「ホテルの外へ、食べに行くほかはないわ」

ミキが、朝日奈の腕を引っ張った。エレベーターのほうへ向かいかけたとたん、すぐ脇の格子戸がカラカラとあいた。『和風レストラン・北の都』というかなり大きな店で、入口も純日本的な雰囲気を出すための格子戸になっているのだった。

その格子戸の奥から若い娘が出て来て、朝日奈とぶつかりそうになった。クリーム色のワンピースを着て、白い靴をはいていた。のけぞりながら、朝日奈とその娘は互いに相手の顔へ目をやった。

同時に朝日奈の表情が強《こわ》ばり、相手の娘もあっと叫び声を上げた。天平食堂の娘、洋子であった。

「順さん……」

凝然と突っ立ったまま、洋子は唇を動かした。どこかで高級レストランをやるという話だったが、新しくオープンした万福観光ホテルの地下の店とはつい気がつかなかった。なるほど万福観光ホテル内の店なら、ルリ子や矢ノ倉の力でどうにでもできるわけだった。

朝日奈は、大切な証人を逃がすまいという気持もあって、ひどく慌てて洋子の右手首を強く摑んだ。

6

洋子はふと、困惑の表情を示した。それから、思い切ったように朝日奈の顔へ視線を向けた。だが、すぐ目を伏せてしまった。洋子の心の中である戦いが行われていて、彼女は迷っているということが一目で知れた。

「順さん、やっぱり生きていたのね」

泣きそうな顔になって、洋子は言った。やっぱりと言うからには、洋子は朝日奈の死をまったく信じてはいなかったらしい。

「順さんは、あの事故で死亡した。ついては順さんが日頃からそう願っていたことなので、是非とも札幌の万福観光ホテルの地下で一流といわれるレストランをやってもらいたい。資金はこちらで持つし、権利金といったものは一切いらない。そういう誘いを、受けたんですもの。わたし、どうも変な話だなあって、思っていたのよ」

洋子は恐縮したように、顔を上げずにいた。

「お父さんとも、何度か話し合ったのよ。でも、お父さんはこんな立派な店をもらえたんだし、裏に何かあるとしてもこうしたチャンスは二度とないんだから、順さんのことは禁句にしようって……」

洋子は、まだ若い。朝日奈に対して好意を寄せていた。金だけで、割り切れるものではなかった。しかし、洋子の父親ともなれば、好条件で買収され相手の意のままになったとしても不思議ではなかった。確かにこんなチャンスは、二度とないのだ。

朝日奈は、洋子にルーム・キーを見せながら、彼女に歩くよう促した。一四二五号室にいるので、そこへ行って詳しい話を聞かせてくれ、という意味だった。洋子にも、その意味は通じたらしい。だが、彼女は朝日奈に逆らって、その場を動こうとしなかった。

「待って……」

洋子は、哀しげに首を振った。

「わたしの一存では、どうにもならないことよ。お父さんに、相談してみるわ」

洋子は、哀願するような目になった。朝日奈は駄目だというように顎をしゃくって見せた。そんなことを父親に相談すれば、二度と朝日奈に会うなと言われるに決まっているのだ。

「順さん、どうして口をきかないの」

いまになって気づいたのか、洋子が眉をひそめた。

「純粋運動失語症というので、頭にあることが言葉にならないんです」

通訳よろしく、横からミキがそう説明した。

「そうですか」

洋子はミキ、そして朝日奈へと目を転じた。

「例の墜落事故のせいで、そうなったんでしょうか」

朝日奈の顔を見守りながら、洋子はミキに質問した。

「そうなんです」

ミキが答えた。

「それで、いまどこに……？」

「わたしのアパートにいます」

「あなたの……」

「ええ」

「順さんとあなたは、以前からのお知り合いなんですか」

「いいえ、十日ほど前、彼が東京へ帰って来たその日に、わたしたちは偶然知り合ったんです」

「それでもう、一緒のアパートに住んでいるなんて……」

「彼には、行くところがなかったんです。誰もが、彼を彼だと認めようとしないしね」

「それは、どういう意味かしら」

「つまり、朝日奈順はすでに死んでいて、君はその朝日奈ではないって言うらしいんですけどね」

「そんな馬鹿なことが……」

「でも、あなただってある意味では、そういうことで納得しようとしたんでしょ」

「納得だなんて、とんでもありません。現にこうして、順さんだということを認めているんですもの」

洋子は、やや気色《けしき》ばんだようだった。朝日奈は洋子を指さしてから、人さし指を一本だけ立てて見せた。

「順さんを順さんだって認めたのは、わたしひとりだけっていう意味ね」

洋子は、そう念を押した。朝日奈は、深く頷いた。事実そのとおりなのである。生きている朝日奈であることを認めたのは、洋子が初めての人間だった。当然のことなのだが、朝日奈は嬉しかった。自分を取り戻せたようで、彼は安堵《あんど》を覚えたのであった。

「いいわ。そんなふうに誤解されたくないから、わたしの知っていることはすべて話すつもりよ」

洋子は、朝日奈に向かって言った。多分にミキを意識していて、皮肉った言葉であった。

「でも、いまは駄目。お父さんを、説得してからよ。必ず説得して、順さんのお部屋へ行くわ。今夜の十一時すぎには、間違いなく……。一四二五ね」

洋子は、朝日奈の手を振り切ると、廊下を小走りに去って行った。

「天平食堂の洋子か……。彼女、あなたに気があったんでしょ」

その後ろ姿を見やりながら、ミキは肩をすくめた。嫉妬の感情でもあるのか、ミキはあまり愉快そうな顔をしていなかった。

「今夜の十一時すぎに、約束どおり来るかしらね」

ミキは、朝日奈を振り仰いだ。朝日奈は、頷いて見せた。

「自信があるのね。それとも、彼女を信じているのかな」

ミキが、嫌味な言い方をした。朝日奈に、そんな自信はまったくなかった。むしろ父親を説得することなど不可能に近いと、悲劇的になっていた。しかし、あるいは来るかもしれないという期待が、朝日奈にはあったのだった。

そう期待するほかはないのである。洋子のほかに、真相を語ってくれる者はいない。彼女に口を噤《つぐ》まれたら、一歩の前進も望めないのであった。洋子が約束通り一四二五号室へ来ることを期待し、今夜の十一時すぎという時間を待つ。それ以外に何もない。

食事をしてホテルへ戻って来てから、朝日奈はずっと一四二五号室にいた。約束の時間前でも、洋子から何か連絡があるかもしれない。そう思ったからである。ミキは札幌の中心街を歩いて来ると、夕方まで出かけていた。夕食は一品料理のルーム・サービスを頼み、ミキと二人で食事をすませた。

ミキは持参のブランディを取り出して、二つのコップに注いだ。バスも使ったし、こうして夜景を眺めているだけだった。十時をすぎた頃になって、ミキは一方のベッドに横になった。そうしながら、彼女は朝日奈の右手を握った。

「抱いて……」

ミキが、朝日奈の手を軽く引っ張った。朝日奈は、ミキを睨《にら》みつけるように見据えた。

「何となくロマンティックになった上での、一時的な気まぐれ。そう解釈されても、文句は言わないわ」

ミキは、ベッドの枕元のスイッチをひねった。ベッド・ランプだけを残して、室内の電気が全部消えた。

「洋子さんが来るまで、まだ一時間はあるし……」

ミキは、それも持参のネグリジェの前を開いた。ホックのはずれる音がして、そこに見事な陰影を見せて裸身が浮かび上がった。ミキは、大胆で挑発的だった。仰向《あおむ》けに横たわっているのに、弾力と量感を誇示するように乳房が盛り上がっていた。

初めからそのつもりだったらしく、ネグリジェの下には何もつけていなかった。しかもそのことを、少しも隠そうとはしない。ミキは片膝をたてて、奔放な姿態を見せていた。その情熱的で積極性に富んだやり方が、やはり日本人離れをしている感じだった。

「あなたに、抱かれてみたいの。お願いだから、わたしに恥をかかせないで……」

ミキは甘えるように顔をしかめて、朝日奈のほうへ両手を差しのべた。朝日奈はふと、このホテルにルリ子が泊まっていることを思い出した。ルリ子はいま頃一つベッドで矢ノ倉に抱かれ、神秘のベールをかなぐり捨てているかもしれない。

そう考えたとき、朝日奈は身体の芯《しん》に欲望の炎を感じた。彼はベッドに上がると、ミキの裸身を引き寄せた。ミキは体当たりするように、身体を密着させて来た。二人は、唇を重ねた。ミキは両脚をすり合わせるようにしながら、片手で朝日奈の背中を撫で回した。朝日奈は唇を、ミキの首筋から胸のふくらみへ移した。

それだけでミキは荒い呼吸になり、小さな悲鳴を上げながらのけぞった。朝日奈は、ミキの膝を割った。肉感的な肢体が、何かを恐れるように右へ左へと揺れた。彼はそこに顔を埋《うず》めて、すでに豊潤であるミキの泉を確かめた。

ミキは激しくうねり、朝日奈を両手で捜し求めた。朝日奈は、埋没を果たした。ミキはそれを包含すると、感動的な呻《うめ》き声を洩らした。二人は律動に移行した。しかし、そのとき電話のベルが鳴った。

「出ないで！　お願い、出ないで！」

ミキがそう叫ぶのを耳にしながら、朝日奈は送受器を手にした。

「朝日奈さんと、自称なさっている方ですわね。余計なことかもしれませんけど、五分ほど前に洋子さんという人がこのホテルの屋上から飛び降りて自殺したそうですわ」

それだけ言って一方的に電話を切ったのは、あの笑うことを知らない女ルリ子だったのである。

第三章 女たちの告白

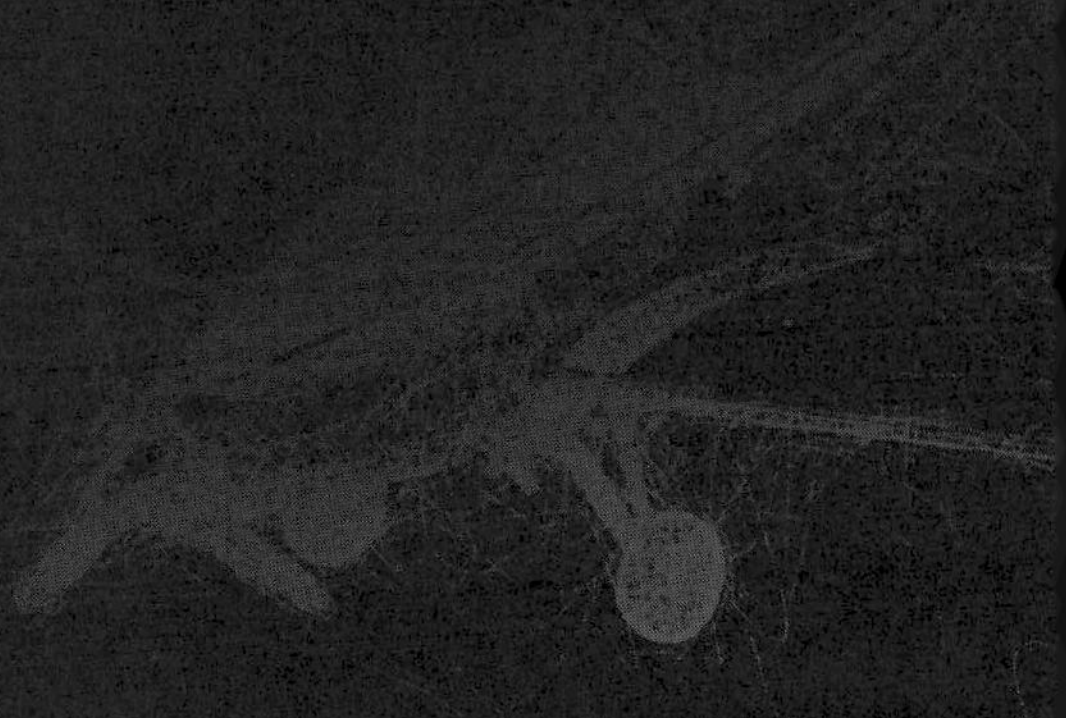

1

洋子が死んだ。朝日奈順にとって、生きている自分の存在を認めたただひとりの人間の出現は、ほんの束の間の夢に終わった。もちろん、自殺したわけではない。洋子は間もなく、この一四二五号室へ来ることになっていたのだ。

その直前になって、急に自殺したりするはずはない。洋子は、殺されたのである。屋上へ連れ出して、突き落とす。それで、自殺したものと判断される。犯人は姫島大作ともども朝日奈を墜落死させようとした例の筋書の作者と、同一人物に違いない。

その犯人は朝日奈の生存を知ると、あらゆる手段を用いて彼が当人であることを否定しようとした。高知県で交通事故と見せかけて、青野芳子を殺したのもそうである。天平食堂を好条件で、札幌万福観光ホテル地下の『和風レストラン・北の都』に一変させたのも、その手段の一つだった。

ところが、その万福観光ホテルの地下で、朝日奈と洋子が顔を合わせてしまった。洋子は恐らく朝日奈の事故死を信じて、北海道札幌へ移転する気にもなったのだろう。従って朝日奈が生きているとわかったからには、洋子は黙っていられなかった。

何か、裏がある。父親は何者かと暗黙の諒解《りょうかい》のうちに、『北の都』の経営に応じたらしい。そう思った洋子は父親と相談の上、知っている限りのことを朝日奈に打ち明けようと決心したのである。

誰が父娘に、『北の都』経営の話を持ちかけたのか。それを明らかにされただけで、犯人の立場は危険になる。そこで犯人は急遽《きゅうきょ》、その口を封ずるために洋子を殺したのであった。それを、あのルリ子が電話で、知らせて来たのである。

ルリ子はなぜ、そんなことを知らせて来たのか。まるでみずから、彼女自身と矢ノ倉社長が犯人であることを通告して来たようなものだった。もちろん二人は、直接手を下してはいないだろう。しかし、二人の指示によって、洋子が殺されたということはもはや明確だった。

ルリ子の挑戦と、解釈していいのかもしれない。朝日奈は、頭の中が熱くなるのを覚えた。ほかの者の挑戦なら、冷静に受け止めることができる。しかし、ルリ子だけは、別であった。なぜか。朝日奈がルリ子という女の不思議な魅力に、強い関心を持っていたからである。

「誰からの電話なの？」

動かなくなった朝日奈の身体の下で、ミキが言った。朝日奈は、ミキの横へ転がり落ちた。

「いや……！」

そう小さく叫んだあと、ミキは口惜しそうに両脚をバタバタさせた。恍惚《こうこつ》の波に洗われながら陶酔の極みに到達しようとしたその直前に、電話がかかり朝日奈はあとを続けることなく離れて行ったのだ。ミキが不満に苛立《いらだ》つのも、無理はなかった。

朝日奈はベッドをおりると、洋服に着換えた。窓の一部を、あけてみた。生温かい夜風が、流れ込んで来た。札幌市内の華やかな夜景を目で見て、耳では地上から舞い上がって来る潮騒のような騒音を聞いた。パトカーのサイレンが鳴っている。

「何かあったのね」

ミキが毛布で胸を隠しながら、上体を起こした。朝日奈は、横顔で頷《うなず》いた。

「ねえ、洋子っていう女からの電話だったんでしょ」

ミキが、言った。朝日奈は、首を振った。それから彼は上を指さし、そのまま下へ落ちるという線を描いた。

「上から下へ? 屋上から下へ、落ちたっていうわけなのね。誰がなの。まさか、洋子っていう女が……」

ミキは、表情を固くした。朝日奈は、深く頷いた。

「本当に、そうなの!」

ミキは、愕然《がくぜん》となった。ミキはなぜ、そんなに驚くのか。朝日奈は、そう思った。ミキにとって、洋子は無関係な女だった。今日初めて会って、少しばかり口をきいただけである。その上、ミキは洋子に好感を持っていなかった。

いわば、見も知らない相手と、変わりないのだ。洋子が死んだと聞かされても、へえーと目を丸くするだけで充分だった。だが、ミキは愕然となった。芝居ではない。本心から驚いたのである。身内の人間の不幸を知ったとき以上の、衝撃というふうに感じられるのだった。

朝日奈は黙って部屋を出た。エレベーターに乗った。エレベーターは、十四階まで通じていた。エレベーターを出ると、かなり騒がしい雰囲気だった。客たちが部屋の前に立って、不安そうにキョロキョロしていた。廊下を歩く人の数も多かった。

朝日奈はその連中のあとを追って、『これより上には行かれません』という立て札のある階段をのぼった。屋上へ通じている階段だった。屋上への出口の鉄扉が、左右に大きく開かれていた。その出口の外に、数十人の男女が人垣を築いている。

野次馬たちであった。警官が二人、野次馬がそれ以上前に出ないよう見張っていた。広い屋上であった。周囲は鉄柵の上に三メートルの高さで金網が張ってあり、屋上から誤って落ちるということはまずないようにしてあった。

しかし、一カ所だけ鉄柵も、金網もないところがあった。非常階段の昇降口だった。幅一メートルほどで、非常階段のいちばん上の部分に出られるようになっている。そこへ出れば、大して高くない非常階段の手摺《てす》りがあるだけだった。

そこからなら、簡単に飛び降りることができる。それに激しく突き飛ばされれば、手摺りを越えてあっという間に墜落するだろう。洋子の場合も、そうだったのに違いない。その周辺に、人が集まっていた。

落下地点から、飛び降りた場所を推定したのだ。警官が四人、制服姿のボーイが二人、ホテルの支配人らしい黒い背広の男、それにもうひとりは朝日奈のよく知っている顔であった。

いまではこのホテルの地下にある高級レストランの、経営者である。しかし、顔だけは東京世田谷の下北沢にあった『天平食堂』のおやじと、少しも変わっていなかった。服装はコックのスタイルが、背広にネクタイの紳士ふうに一変していた。

洋子の父親、市田吉造であった。若い男とカメラマンが、人を掻き分けて前へ出て来た。その勢いで、朝日奈は歩き出すような恰好になった。朝日奈は、カメラマンと並んで歩いた。若い男が、警官のひとりに手を上げて挨拶した。

若い男とカメラマンは、土地の新聞社の人間らしい。その二人のあとを追って、朝日奈は警官の横を通り抜けた。警官は、知らん顔でいた。朝日奈のことを、新聞社の人間のひとりだと思ったのに違いない。

朝日奈はさりげなく、新聞社の連中から離れて、市田吉造の背後に近づいた。屋上の照明は、林立した水銀灯であった。遠くからホテルを眺めると、その屋上の照明が鮮やかな光の放射となって、夜空を彩《いろど》るのであった。そのくらいだから、屋上は真昼のような明るさだった。

そこでは、洋子が飛び降りた場所の、検証が行われていた。二人の警官が、非常階段から下を覗《のぞ》いたり、手摺りの高さを計ったりしていた。市田吉造は、私服と制服の警官に何やら説明をしている。朝日奈は、それに耳を傾けた。

「原因について、心当たりはないでもありません」

市田吉造は、低く震える声でそう言った。ひとり娘の死は、さすがにショックだったのだろう。吉造は、唇の色まで失っていた。

「遺書のようなものは、まったくなかったんですね」

私服の刑事が、乱れる髪の毛に手をやった。風が強いのである。

「ありません」

吉造は、力なく首を振った。

「その心当たりというのは？」

刑事は、隣で手帳を開いている制服警官の指の動きに目を落とした。

「実は今日、わたしと娘は激しい言い合いをしたんです」

「つまり、喧嘩ですか」

「はあ」

「どんなことで、喧嘩になったんです」

「プライベートのことなんで……」

「なるほど。しかし、それが原因で自殺したとなると、娘さんにとって余程重大な問題だったわけですな」

「娘が好意を寄せていた男のことが、絡んでいたものですから……」

「その彼氏に関することで、あなたと娘さんの意見が対立したわけですね」

「そうなんです」

「そうなると、娘さんにしてみれば、深刻な事態を迎えたということだな」

「今日の午後から夕方まで、わたしと娘は話し合ったんですが、ついに意見は一致しませんでした」

「それはまたずいぶん長時間続いた喧嘩だったんですね」

「娘が頑として、わたしの言うことを聞かなかったもんで……」

「喧嘩のケリは、結局どうなったんです」

「店にも顔を出さなければならないし、今夜遅くなってからもう一度話し合おうということで、一時休戦にしたんです」

「それで娘さんは、一応納得したわけなんですか」

「と、わたしは思いました。だから、それまでに娘が自殺するなんて、考えてもみなかったんです」

「結局は、納得できなかったのだということになりますかね」

「浮かない顔をしていたし、何度話し合ってもわたしがウンと言わないだろうって、娘は見抜いていたのかもしれません」

「父親に対する抗議の自殺ですな」

「女というものは年頃になると、父親よりも好意を寄せている男のほうの肩を持つもんですよ」

「娘さんには、殺されるような何かはなかったでしょうね」

「別に、人と揉《も》め事を起すような立場にはなかったし、娘が殺されるといったことはあり得ないでしょう」

「恋人とのことを父親に反対されて自殺、と判断するほかはありませんな」

「はい。自殺であることは、もう間違いありません」

吉造はハンカチを取り出すと、目で光っている涙を拭った。吉造の言っていることは決して嘘ではない、と朝日奈は思った。午後から夕方まで、父娘の喧嘩が続いたということも事実に違いなかった。

洋子は天平食堂から和風レストラン『北の都』の経営者に変わった経緯について朝日奈に真相を打ち明けるべきだと主張し、吉造は何が何でも絶対に応じられないと拒み通したのだろう。

これまでの繰り返しで、洋子はついに父親を説得できなかったのだ。朝日奈については禁句とすると言っていた吉造が、そう簡単に気を変えるはずがない。吉造は朝日奈に対して、情も義理もないのである。

それに吉造は、無償でレストランを提供するという買収に応じたとき、その相手に対して何かを約束したはずだった。例えば朝日奈に会っても朝日奈とは認めないとか、誰がどういう理由でレストランを無償提供したかは絶対に口外しないとかである。

吉造は、その約束を守らなければならなかった。約束を破らない限り、吉造は高級レストランの経営者でいられるのだった。それで洋子の要求には、最後まで応じなかったのである。

ということだけは、さすがに吉造も警察には知られたくなかったらしい。喧嘩の理由はという刑事の質問に、吉造はプライベートなことだからと逃げた。だが、それ以外のことは、正直に話している。

吉造は洋子が自殺したものと、本気で決め込んでいるのだ。別に、犯人を庇《かば》っているわけではない。ひとり娘を殺されたと知れば、吉造は『北の都』など惜し気もなく捨てて、犯人を摘発することだろう。

吉造は自分との意見相違が原因で、洋子が自殺したのだと信じきっている。それだけに始末に悪い。警察も、自殺と断定するようである。洋子を殺した犯人は、何事もなくすむのであった。

朝日奈がルリ子と矢ノ倉を容疑者として、警察に通報するという手段もある。しかし、二人が犯人だという証拠は、まったくなかった。ルリ子が洋子の死を電話で知らせて来たことは、法に触れないのである。

自殺の騒ぎを知って、朝日奈に電話しただけだと言われれば、それまでだった。警察も朝日奈よりは、矢ノ倉やルリ子のほうを信用するだろう。ものを言えない朝日奈には、充分な説明もできない。

そもそも姫島大作殺しのことからして、そうであった。警察に告発したくても、証拠がないのである。姫島大作はすでに事故死と判断されているし、骨になった彼を他殺かどうか調べる術《すべ》もない。『ヒメ号』に搭乗したのは自分だけで、姫島大作はすでに死体となっていたと主張してみても、それは朝日奈の言葉だけであった。矢ノ倉に否定されたら、それ以上の主張は不可能だった。

逆に朝日奈の言い分を否定する証拠なら、ちゃんとあるのだ。大分空港の航空保安事務所に保管してあるフライト・プランが、その証拠であった。当日のヒメ号のフライト・プランは、ＰＯＢ『乗員及び乗客』の欄に二名と明記されているのである。

朝日奈は、屋上への出口へ向かった。朝日奈を朝日奈と認め、真相を語ってくれるはずのただひとりの人間洋子はもうこの世にいない。エレベーターの中で、朝日奈はひとりだけになった。彼は、メロディのないハミングを洩らした。孤独な男の、調子っぱずれの唄であった。

2

翌日、朝日奈は東京へ帰ることにした。札幌へ来て、洋子を見つけその死に接した。ルリ子が矢ノ倉と、ただならぬ仲であることを確認した。黒幕はルリ子だという見方が、更に強まった。

それだけのことがわかれば、札幌にはもう用がない。当分、何事も起こらないだろう。ルリ子と矢ノ倉の甘い生活を、身近に感ずるような気がして一層空《むな》しくなる。朝日奈は、札幌を振り返りたくもなかった。

ミキも、東京へ帰ることを承知した。朝日奈は、拍子抜けしたくらいだった。あれほど北海道へ行きたがっていたミキのことだから、一泊だけで東京へ帰るのをさぞかし渋るだろうと思っていたのである。

そのミキが、あっさり応じたのだった。それに、ミキは何となく元気がなかった。強い《し》て明るく見せているが、眼差しに暗さが感じられた。おかしいと、朝日奈は思った。ミキとは何者かと、初めてそんな疑惑を抱いたのであった。

二人は正午の便で、東京へ向かうことになった。飛行機が千歳空港を離陸したときから朝日奈はミキについて考え始めていた。実はミキの正体について、知識はまるでなかったのである。

混血で銀座の女としか、わかっていない。芝浦岸壁で、偶然知り合った。いや、偶然ではないのかもしれない。風に吹かれながら港を眺めていた翳《かげ》りある女にしては、どうも馴れ馴れしすぎた。

それにいまの時代に見知らぬ男を自分のマンションへ案内して、何の報酬もなく食べさせてくれるような親切者がいるものだろうか。どうもその辺が、うまくできすぎている。

朝日奈は、そう思った。

最初からすべて、計画的に運ばれていることなのかもしれない。ミキは意識的に朝日奈に接近して、森口マンションへ連れ込んだ。生活を共にして、北海道へも一緒について来ている。

それらの目的は何か。朝日奈の行動を監視して、その結果を雇い主に報告することである。雇い主とは誰か。ルリ子か矢ノ倉、あるいはその両方に決まっている。それを裏付けていることがある。

朝日奈が初めて、世田谷成城の姫島邸へ行ったときのことだった。朝日奈は玄関へ向かう途中で、二人の暴漢に襲われた。この男たちは朝日奈という名前を知っていたし、明らかに彼を待ち受けていたのだ。

この日、姫島邸へ朝日奈が行くことを知っていたのは、ミキだけだったのである。ミキはそれをルリ子に通報して、その指示で二人の男が配置されたのに違いない。昨夜の電話にしても、そうであった。

ルリ子は、朝日奈と洋子が出合ったことを知っていたからこそ、あんな電話をかけて来たのだ。朝日奈と洋子が向き合っているところを、遠くから見かけてそう判断したということにはならない。

ルリ子は、洋子が昨夜十一時に朝日奈の部屋へ行くということまで、承知していたのである。だからこそ、その直前になって洋子を殺したのであった。ルリ子はそのことで、詳しい報告を受けていたのである。

報告者は、ミキなのだ。ミキは昨日の午後札幌の中心街へ行くと言って夕方まで帰って来なかった。その間にルリ子のところへ報告の電話を入れることは、幾らでもできたわけである。

その結果、洋子が殺されるとまでは、ミキも思っていなかったのだろう。それで洋子が死んだと知ったとき、ミキはひどい驚きようだったのである。自分の行為と洋子の死を、結びつけたのだった。

　今日になって妙に沈んでいるのも、そのことに責任を感じているからなのだ。ミキは、逃げ出したい気持ちだったのに違いない。それで、東京へ帰るという朝日奈の意志に、素直に従ったのである。

　ミキは、スパイだった。そうとわかっても、朝日奈は大して驚かなかった。最初から、ミキを信じていたわけでもない。朝日奈は人間ばかりではなく、一分先のことすら信じてはいなかったのだ。

　なるようになる。そう思えば、ミキに対して腹も立たなかった。ミキが憎らしいどころか、滑稽に感じられた。人を騙《だま》すのもご苦労なことだし、それもずいぶん無駄な骨折りをしているような気がするからだった。

　ミキは飛行機の中でも、羽田から三田へ向かうタクシーの中でも、まったく言葉を口にしなかった。森口マンションの六〇二号室に落ち着くと、二人は交互に浴室でシャワーを浴びた。

　そのあと、まだ昼間だがミキはネグリジェに着換え、朝日奈はズボンだけという恰好になった。朝日奈はソファにすわり、ミキは部屋とリビング・キッチンをあちこちと歩き回った。

朝日奈は紙に『すべて白状したほうが、気が楽になるぞ』と書いて、前を通りかかったミキに手渡した。ミキは歩きながらそれに目を落として、はっとなって朝日奈を振り返った。朝日奈は、表情のない顔で、ミキを冷たく見据えた。

ミキは、目を伏せた。別に否定もしないし胡魔化そうとする気配も見せなかった。彼女自身も、告白したい気持になっていたのかもしれない。ミキは再び歩き出しながら、深々と溜息をついた。

「何もかも、話すわ」

ミキは、背中で言った。

「だってわたし、こんなことになると思わなかったし、それにあなたが好きになってしまったの。好きになった人を、騙すことはできないわ」

ミキは、壁のギターの一つに手を触れた。朝日奈は表情を変えずに、ミキを見守っていた。

「あなたとは、偶然に知り合ったわけじゃないの」

ギターが、ポーンと音を立てた。

「万福観光の本社を出たあなたを尾行して、わたしも芝浦岸壁へ行ったのよ」

そんなことはわかりきっているというふうに、朝日奈は軽く頷いた。

「何もかも、計画的にやったことなの。計画外だったのは、あなたを好きになってしまったことだけよ」

ミキは、眩しそうな目になった。

「わたしの役目は、あなたを監視してその行動を報告することだったわ。あなたが成城の姫島とかいう家へ出かけて行くことも、わたしは毎度報告したのよ」

ミキははずしたギターを、元の壁に戻した。それから二つ目のギターに、彼女は手を伸ばした。

「北海道へ行くことになったと報告したら、一緒に行くようにと言われたわ」

ミキは柔らかい布で、ギターを丹念に磨き始めた。

「昨日、ホテルの地下で洋子さんに出合い、夜の十一時に真相を明らかにすると約束したことについても、わたしは七〇一号室に泊まっている人に電話で知らせたのよ」

朝日奈は、なるほどと思った。洋子を殺した人間は前もって、同じ札幌の万福観光ホテルの七〇一号室で待機していたのである。

「でも、その結果、あの洋子さんが死ぬなんて、考えてもみなかったわ。自殺だそうだけど、わたしの報告の結果そうなったんだとしたら、まるでこのわたしが殺したようなものじゃないの」

ミキはいきなり、磨いていたギターを床に投げ捨てた。

「こんなことになるんだったら、わたしは頼みを引き受けなかったわ」

ミキは、ギターを蹴った。朝日奈は、『詳しいことは何も知らずに、ただ仕事を引き受けたのか』と紙に書いた。

「そうなの」

ミキはそれを読んで、幾度も頷いた。

「わたしはただ、あなたを監視してその結果を報告するだけのことを頼まれ、引き受けたんだわ」

『誰に頼まれたのか』と、朝日奈は紙に書いた。

「銀座のお店へ、来た人からなのよ。初めてのお客で、それ以後も一度だって姿を見せたことがないわ。三十歳ぐらいの男性で、名前もわからないの」

『期間と報酬は？』と書いて、朝日奈はミキに見せた。

「一カ月で、五十万円。前金で、もらったのよ」

『連絡先は？』と、朝日奈は書いた。

「この電話番号なの。連絡は夕方の四時から五時までに限られているのよ」

ミキは、開いた手帳を差し出した。そこに電話番号が記してあった。局番は、万福観光本社のものと同じだった。

「その人は、あなたが万福観光の本社へ来ることを知っていたらしく、わたしを電話で呼び出したの。本社の前にいて、あなたが出て来るのを待てって。そのとき、あなたの身長やら特徴やらを聞かされたわ」

ミキは、ソファにすわった。入れ替りに朝日奈は立ち上がって、電話機に近づいた。ミキの手帳にある電話番号を見ながらダイヤルを回し、朝日奈はそっと送受器を耳に押し当てた。

「はい、峰岸です」

と、不愛想な男の声が出た。峰岸——！　朝日奈は、身体を固くしていた。

「もしもし、秘書課長だ」

男は、慌ててそう言った。朝日奈は、電話を切った。間違いなく、峰岸敏彦の声であった。この番号によると、万福観光本社の秘書課長室に通ずる電話だったのだ。そこには当然、峰岸敏彦がいる。

ミキが電話をするのは、夕方の四時から五時までと限られていた。その間の峰岸敏彦は決して、自分の名前や秘書課長などとは口にしなかったのに違いない。相手が誰か確かめてから、初めて応じたのだろう。

だが、いまは四時前である。ミキからの電話ではないと思っているから、秘書課長峰岸敏彦として応答したのだった。しかし、ミキを雇ったのが峰岸敏彦だとは、夢にも思っていなかった。

九十九パーセント、ルリ子と矢ノ倉だと見ていたのである。ところが意外にも、ミキを操っていたのは峰岸敏彦であった。そうだとすると、洋子殺しを指示したのは、ルリ子や矢ノ倉ではないということになる。

高知県から東京へ帰って来たとき、朝日奈はその足で下北沢の徳丸荘アパートへ行った。そこには、三人の男たちが待っていた。朝日奈はその三人の男を、かなり激しく痛めつけてやった。

彼らもまた、峰岸敏彦に雇われていたのである。だから当然、彼らは朝日奈が出現したことを、峰岸敏彦に報告する。その連絡を受けた峰岸は、朝日奈が次に来るところは万福観光の本社だと見当をつけたのだ。

そこで峰岸は父親や大川美鈴たちとともに見知らぬ人間だと朝日奈を追い払う一方、ミキを呼び出して接近させたのであった。ミキという監視役をつけたのは、朝日奈の今後の出方を知るためだった。

「誰だか、わかったのね」

　ミキが、駆け寄って来た。朝日奈は、頷いて見せた。

「ねえ、順。お願いだから、わたしのことを怒らないで！」

　ミキが、朝日奈の胸に取り縋《すが》った。

「わたしを、見捨てないで！」

　押しこくるようにするミキを受け止めて、朝日奈はテーブルの上に左手を伸ばした。マジックを取って、彼は紙の上に字を書いた。ミキは『その代わり、頼みがある』と書かれた字を読み取った。

「いいわよ、どんなことでもするわ！」

　ミキは朝日奈を見上げて、叫ぶように言った。朝日奈は更に、『君の雇い主のところへ一緒に行く。これから書くことを記憶して、君の口から相手に質問してもらう』と、書いた。

「わかったわ」

　ミキは、真剣な眼差しで答えた。

　五時になってから、二人は支度をして森口マンションを出た。峰岸敏彦の住まいは、世田谷区の玉川用賀町にあると聞いていた。馬事公苑の南にあって、一軒家だという話であった。

借家である。会社が管理職住宅として借りていて、家賃も万福観光で払っている。この家に峰岸敏彦は父親の嘉平と、一緒に住んでいるのだった。いまは大川美鈴も、そこにいるかもしれない。

大川美鈴はかつて、姫島邸に住んでいた。しかし、姫島大作の死後は、用賀町の家のほうへ移ったものと考えられる。朝日奈が姫島邸を訪れたときも、大川美鈴がいる気配は感じられなかった。

タクシーで渋谷へ出て、玉川通りを西へ向かった。オリンピック公園の先で右へ曲がり、住宅地という雰囲気になったところでタクシーを降りた。ミキが何人かの通行人に、峰岸という家の所在を尋ねた。

峰岸の家は、なかなかわかりにくかった。通りに面していないせいであった。ほかの家の庭先みたいなところを通り抜けて、その裏側に『峰岸』という表札のある門を見つけた。古いが、大きな家だった。

全体的に和風だが、玄関は洋館のそれであった。広いのは、二階がないためかもしれない。庭もあり、あちこちに植え込みが見られた。ようやく暮色が濃くなり、風に涼しさが増したようだった。

門灯と玄関には明かりがついているが、家の中の照明はそれほど目立たなかった。静かである。朝日奈が、ブザーを鳴らした。しばらくしてサンダルを突っかける音が聞えた。内側の鍵をはずしている。

ドアがあいた。白い顔が覗いた。大川美鈴であった。青いブラウスと短い黒のスカートから出ている手足の白さが、何かそういう花のように感じられた。大川美鈴は愕然となり、慌ててドアをしめようとした。

それを朝日奈が、全身で防いだ。彼はゆっくりと、首を振った。大川美鈴は圧倒されたように、その場に棒立ちになっていた。朝日奈は玄関の中へ、のっそりと足を踏み入れた。それに、ミキが続いた。

3

大川美鈴は、上がれとも言わなかった。三和土《たたき》に、ぼんやり突っ立っている。思いもかけない人間の出現に、彼女は放心してしまったようだった。美鈴が自分を取り戻すまでには、一分ほどかかった。

「帰って下さい。そうでないと、警察を呼びます」

美鈴は、厳しい顔になった。美しく、瑞々《みずみず》しい。朝日奈はふと姫島大作に犯されたあと、ボロ雑巾のようになって部屋を出て来た美鈴の姿を思い出した。

「そんなことが、できるでしょうか」

ミキが、苦笑を浮かべた。

「あなたたちは、いったいどこの何者なんですか」

美鈴は、朝日奈たちを指さした。ブラウスの下で、形のよい隆起が揺れた。

「こちらは、朝日奈順さん。知らないはずはないでしょ」

「朝日奈さんは、飛行機事故で亡くなりました。朝日奈さんが、二人もいるはずはありません」

「この人は、本当の朝日奈順さんなんです」

「いいえ、違います」

「だったらどうして、峰岸敏彦はこの朝日奈さんの行動を監視させたりしたんでしょう」

「敏彦さんが……！」

「そうです」

「あなたは、誰なんです」

「峰岸敏彦さんに、雇われた女ですけど。五十万円もらって、朝日奈さんの行動を見張るという仕事を引き受けた当の女が、このわたしなんです」

「そんな……！」

「あなたはそのことを、全然知らなかったんですか」

「わたしは何も……。いつも、蚊帳《かや》の外に置かれているんです」

「いかがですか。生きている朝日奈順さんだと、認めてくれますね」

「でも……」

「だったら、峰岸敏彦さんに会わせてくれませんか」

「まだ、帰って来てないんです」

「それなら帰って来るまで、待たせて頂きますわ」

「わたしもう、疲れたわ」

呟《つぶや》くように言って、美鈴は玄関の壁に凭《もた》れかかった。

「嘘をついていることに、疲れたという意味ですか」

ミキがやや鋭い口調で、そう言った。

「そういうことかもしれません」

美鈴は、弱々しく肩を落した。

「朝日奈さんを朝日奈さんと認めるなって、峰岸敏彦さんから言われていたんでしょ」

「そうなんです」

美鈴は泣きそうな顔になって、三和土にすわり込んだ。彼女は、朝日奈に向かって両手を突いた。そのまま身をよじるようにして、嗚咽《おえつ》を洩らし始めた。

「朝日奈さん、ごめんなさい。朝日奈さんじゃないなんて、心にもないことを言ったりして……」

美鈴は、肩を震わせてそう言った。

「でも、とても辛かった……。そのことが気持ちの負担になって、楽しい日がなかったくらいでした」

美鈴はもともと、嘘をつけるような女ではないのだ。朝日奈は、そう思った。お嬢さん育ちで、気も弱い。清潔感があって、精巧なガラス製品のように繊細で弱々しく気品のある女であった。

朝日奈は美鈴の腕をとって、立ち上がらせた。土下座して詫《わ》びられるのは、あまりいい気分ではなかった。美鈴は、両手で顔を被った。

「真相を聞かせてくれますね」

と、ミキが自分のハンカチを、美鈴の手に押しつけた。

「え、ええ……」

ミキのハンカチで涙を拭きながら、美鈴は頷いた。

「どうぞ、お上がりになって……」

美鈴は、サンダルを脱いだ。彼女は、すぐ左手にある部屋のドアをあけた。そこが、応接間になっていた。美鈴が電気をつけた。どこの家にもある応接間という感じで、特に豪華ではなかった。

お定まりの調度品が揃《そろ》えてあって、美鈴はアーム・チェアの一つに腰を沈めた。彼女はまだ、洟《はな》をすったりしていた。朝日奈とミキは、やや固くなっているソファに並んですわった。

「わたしがなぜ、敏彦さんたちに協力したのか。なぜ、犯罪の発覚を恐れたのか。それはすべての原因が、このわたしにあったからなんです」

美鈴は、抑揚のない声で言った。伏せた目を、膝の上の両手に落としていた。

「それにあの姫島大作みたいな野蛮人のために、峰岸父子を罪人にしたくないという気持ちもありました」

「峰岸父子が、姫島大作を殺したという意味ですね」

ミキが訊《き》いた。

「ええ。でも結局は、罪を重ねても自分たちの身の安全を計ろうということに、なってしまうんですね」

「最初から、話して頂けません？」

「はい、朝日奈さんはご存じかもしれませんけど峰岸父子は姫島大作を心から憎んでいました。峰岸父子はわたしの父に対して忠実でしたし、姫島大作がわたしの父の鉱山を不正なやり方で売り払い現在の基盤を築いたということを知っていたからです」

「でも峰岸父子は、その姫島に使われていたんでしょう」

「敵をよく知るためにです。いつかは姫島を万福観光から追放して、わたしの父と同じような不遇な晩年を過ごさせてやる。峰岸父子はそのつもりでいたのです。それには敵陣にいて、かなり高い地位につくことも必要だったのでしょうね」

「姫島を殺すつもりには、まだなってなかったんですね」

「と、思います。ところが五月十六日の夜、わたしが……。わたしが姫島大作に、暴力で
……」

「つまり、奪われたんですか」

「ええ、そうなんです」

「あなたはまだ、セックスを体験していなかったんですね」

「そのときが、初めてだったんです」

「それは、ショックだったでしょう」

「激しく抵抗して水までかぶり、ボロボロになってわたしは自分の部屋へ帰りました。すると、そこに……」

「峰岸父子が、いたんでしょ」

「そうなんです。わたし隠そうという気力もなかったし恥ずかしさも感じませんでした。それで、峰岸父子には何が起ったのか、はっきりわかったんでしょう」

「相手の名前を、言ったんですね」

「訊かれたから、答えたという感じでしたけど……」

「それで峰岸父子は、姫島に対して殺意を抱《いだ》いたわけですか」

「そうです。嘉平さんは血相を変えたし、敏彦さんはその場で殺してやるって口走ったくらいですから……」

「あなたは、どうしたんです」

「わたしはショックがひどくて、何も考えずにベッドの中で泣いていました」

「峰岸父子はいつ、姫島を殺したんでしょうか」

「あとで聞いたことですけど、翌朝六時頃だったそうです」

「二人で、撲殺したんですか」

「後頭部を、濡《ぬ》れた砂を詰め込んだ袋で一撃したとかで……」

美鈴の話によると、峰岸父子はずいぶん変わった凶器を用いたものである。しかし、濡れた砂を詰め込んだ袋となると、かなり重量もあるし、それを叩きつければ大変な衝撃を与えることになる。

それは多分、飛行機の墜落事故ということを計算して、用いられた凶器なのだろう。姫島の死体は首の骨が折れて、後頭部に損傷があったというのも、それで頷けることであった。

「死体は、トランクに詰めたんですね」

ミキが言った。

「そうです。そのことをわたしが、敏彦さんから聞かされたのは、ヒメ号が飛び立ったあとでした」

美鈴は、朝日奈に向かって頭を下げた。

「ヒメ号の燃料洩れの細工は、誰がやったことなんです」

「敏彦さんだと、聞いています」

「その頃はまだ専務だった矢ノ倉さんに対しては、どうしたんですか」

「敏彦さんが、社長は阿蘇山麓へ行かれるというので、荷物だけを空港まで運んで欲しいと、矢ノ倉さんに伝えたんです。秘書課長が言うことですから、誰だって信ずるでしょうね」

「でも、間もなく社長の姿が見えないということで、大騒ぎになったはずです」

「それを胡魔化すのが、嘉平さんの役目でした」

「どう胡魔化したんですか」

「帰京しないというふうに見せかけて、本社の連中に活を入れてやろう。それが社長の狙いだった。わたしが社長にお供して、今朝早く空港へ向かった。社長はヒメ号の後部座席のシートの下に、隠れていられたんです。嘉平さんが、そう説明しました」

「それを、みんなが信じたんですね」

「姫島大作はもともと、そういうことをよくやる男でしたから……。矢ノ倉さんも、またかって憤慨していました。それに遭難したヒメ号から、社長の死体が見つかったんですから納得せざるを得ないでしょう」

「青野芳子を殺したのは？」

「敏彦さんでした」

「昨夜、札幌で洋子さんを殺したのは、誰なんです」

「嘉平さんが昨日、札幌へ向かいました。だから、多分……」

「天平食堂を札幌の『北の都』にしたのも、徳丸荘で若い男が朝日奈さんに襲いかかったのも、姫島邸で暴漢が待ち受けていたのも、すべて峰岸父子の細工や差金だったわけですね」

「そうです」

美鈴の告白は終わった。これでいいのかというように、ミキが朝日奈のほうを見た。朝日奈は、頷いた。即席で知識を叩き込まれた質問者としては、ミキも上出来であった。着眼点もいいし、質問も鋭かったし妥当なものだった。

これで、何もかもよくわかった。一切は、峰岸嘉平と峰岸敏彦がやったことなのである。矢ノ倉やルリ子は、無関係だったのだ。答はおよそ、簡単なものであった。

「こうして話してしまったからには、峰岸嘉平さんも敏彦さんも無事にはすまないでしょうね」

美鈴がまた、両手で顔を被った。朝日奈はメモ用紙に書いたものを、ミキに示した。

「朝日奈さんから二人を、警察に突き出すつもりはない。自首するように、すすめたらどうか。と、言われています」

ミキは書いてあることを読んで、朝日奈の意向を美鈴に伝えた。

「朝日奈さんまで殺そうとしたあの人たちのことを、どうか許してやって下さい。それに知っていて知らない振りをしていた、このわたしも……」

美鈴は、深く項垂《うなだ》れた。朝日奈は、目で頷いた。真相を知ったいま、美鈴や峰岸父子を責める気持はまったくなかった。むしろ時代錯誤ともいうべき峰岸父子の忠誠心に、哀れさを覚えるのだった。

美鈴が、姫島に犯された。峰岸父子はその姫島を、許すことができなかったのである。姫島が美鈴を凌辱《りょうじょく》しなかったら、それを誰かが制止していたら、この事件は起こらなかったことだろう。

そして、その可能性は充分にあったのだ。姫島が美鈴に挑みかかるのを、知っていた人間がいる。朝日奈自身であった。朝日奈があのとき、ドアをあけていたら、姫島はそれ以上の行為を思い留《とど》まったことだろう。

だが、朝日奈は知らん顔で、姫島が美鈴の身体を征服し終わるのを待ったのである。その無責任な孤立主義が、悲劇的な結果を招いたのだ。姫島、青野芳子、洋子という三人が殺され、峰岸父子が殺人者となった。

朝日奈には、誰をも責める資格がない。危うく死にそうになったが、そのことでも峰岸父子を咎《とが》め立てするのは厚かましすぎた。彼らを人殺しにした遠因は、朝日奈にあったのである。

朝日奈は、立ち上がった。ミキも、それに倣《なら》った。もう、ここに用はない。あとは、峰岸父子の意志に任せるのであった。ただ、彼らとは二度と、会わなくなるだけだった。美鈴とも、そうであった。

「何のおかまいもしませんで……」

美鈴が言った。

「お邪魔しました」

ミキが、美鈴に挨拶した。朝日奈とミキは応接間のドアへ歩きかけた。そのとき激しい勢いで、ドアが開かれた。ミキと美鈴が、はっと息を吸い込んだ。ドアの外には、峰岸敏彦が立っていた。

その背後に、嘉平の顔も見えた。嘉平は、スーツ・ケースを提げていた。札幌から帰って来て万福観光の本社に寄り、結果について話し合いながら息子と一緒に家へ向かったのに違いない。

「いつから、帰っていたの」

美鈴が、眉を曇らせた。

「お嬢さん、ドアの外で聞いていました」

蒼白な顔色で、峰岸敏彦が言った。

「わたし、もう我慢できなかったの。あなたたちを、罪人にはしたくない。でも、これ以上人殺しを重ねるあなたたちを、黙って見ていることができなかったんだわ」

美鈴も、紙のような顔の色だった。

「お嬢さんのお気持は、よくわかっております」

峰岸嘉平が、腰を折った。

「お願いだから、自首して下さい」

美鈴が、哀しげな目で言った。

「わかりました、お嬢さん。ぼくとおやじがやったことに対する責任は、必ずとるつもりです」

峰岸敏彦は、静かな口調でそう言い切った。

「わたしも証人台に立って、あなたたちの弁護をします」

「いいえ、その必要はありません。ぼくとおやじは、三人もの人間を殺しました。人殺しに、弁護など不要です」

「でも……」

「それより、お嬢さんを長い間、苦しめていたことをお詫びします」

峰岸敏彦は、頭《こうべ》を垂れた。峰岸嘉平が、愛《いと》おしむような目で美鈴を見守っていた。朝日奈は、応接間を出た。ミキが、慌てて追って来た。玄関の外で、朝日奈は深呼吸を繰り返した。

峰岸父子の美鈴を思う心に、凄まじいものを感じて、息苦しくなったのだった。

4

夕暮れが迫っている。朝日奈は、ぼんやりとそう思った。全身が、けだるかった。眠りすぎたことと、いま果たした消耗のせいであった。昨夜峰岸父子の住まいから帰って来て、簡単な食事をすましブランディを飲んでベッドへはいったのは十時すぎである。

そのまま、朝日奈は熟睡した。目が覚めたのは二時間ほど前の、午後四時であった。十八時間も、眠り続けたことになる。こんなによく眠ったのは、数年ぶりのことだった。事件の真相が明らかになり、解決を見たことが朝日奈の神経を休めたからだろう。

「あの二人が自首すれば、わたしも警察へ呼ばれるでしょうね」

隣で目をあけたミキが、思いついたようにそう言った。別に不安そうでもなく、彼女の顔は晴れ晴れとしていた。この二時間、ミキは嵐の中を絶叫しながら走り回るような、狂乱の行為を繰り返した。

混血の肢体は飽くことを知らず、その強烈な欲望は熱せられればそれだけ燃え上がった。札幌の夜の中途半端な睦《むつ》み合いが、今日こそはとミキを煽《あお》り続けたのかもしれない。彼女は限りなく陶酔を求め、それを得た。

その限界が来たのは、呼吸が困難になったためだった。ミキは朝日奈が放出することを願い、その一瞬を迎えて感動の叫び声とともに動かなくなった。目を開いた彼女の顔は、未だに汗に光っていた。

「でも、わたしは何も知らずに、ただ頼まれたことをやっただけなんですもの。罪には、ならないでしょ」

ミキは裸身を寄せて来て、朝日奈の胸の上に顔を置いた。朝日奈は頷いた。

「すぐ、自由な身になれるわ。そうなったら今度は本格的に、あなたと二人だけの生活を始めるつもりよ」

ミキは、朝日奈の乳首に、軽く唇を押しつけた。

「今後のあなたはまず、失語症をなおすために病院へ通うことね。それから失踪宣告の、取り消しもやらなくちゃならないわ。わたしは今夜から、真面目に銀座のお店へ出勤しますからね」

ミキは、まるで女房気どりであった。朝日奈には、結婚する気など毛頭ない。しかし、当分はミキとここで、一緒に生活するほかはないようだった。ミキにも、別れるつもりはないのである。

ミキはネグリジェを着ると、ベッドから降りて行った。浴室で、湯を出す音がした。ミキは、鼻唄を歌っている。やがて、彼女は新聞を持って、ベッドに近づいて来た。

「はい。朝刊と夕刊が一緒よ」

ミキは新聞を、朝日奈の顔の横へ投げた。そのまま彼女は、浴室に消えた。出勤前のメイク・アップにとりかかるのに、まずシャワーを浴びるのだった。朝日奈は、朝刊を広げた。興味を引くような記事はない。

次に、夕刊を手にした。社会面を広げたとき、朝日奈の表情は強《こわ》ばった。予想外の報道を、そこに見つけたのであった。それはトップ記事であり、社会面の約四分の一を埋めていた。

『万福観光秘書課長が父親と心中』『殺人の罪を死で償うと遺書を残して』と、二つの見出しが朝日奈の目に飛び込んできた。朝日奈は、二度繰り返して記事に目を通した。それによると、峰岸父子が自殺したのは今日の明け方、午前四時とある。

場所は峰岸家の奥の八畳間で、そこは峰岸嘉平の寝室であった。しかし、夜具はのべてなかった。座卓をはさんで床の間の前に嘉平がすわり、反対側に敏彦が位置していた。二人とも洋服を着たままで、ネクタイもはずしてなかった。

座卓の上にはコップ二つ、飲みかけのビールの瓶が一本、それに両名の遺書が一通ずつ置かれてあった。ビールの瓶とコップの中から、青酸化合物が検出された。二人はそれぞれ座卓にしがみつくような姿で、苦悶のあとが見られた。

嘉平の遺書には、美鈴の父に対する仕打ちから始めて、姫島大作がいかに許し難い人物であったかが克明に記されていた。そのあと世間を騒がしたことを詫び、殺人の罪を死によって償うとあった。

敏彦の遺書のほうははるかに事務的で、姫島大作、青野芳子、市田洋子の三人を殺した日時、動機、方法について簡単に説明してあった。しかし、ミキのことには、まったく触れてなかった。

遺書の筆跡は当人のものに間違いなく、覚悟の自殺であることも明らかだった。父子は夜明けまで語り合い、毒物入りのビールで最期の乾杯をして、それほどの悲壮感もなく心中を遂げたようであった。

「何かあったの」

身体にバス・タオルを巻きつけたミキが、足早に近づいてきた。ベッドの上にすわり込んでいる朝日奈を見て、ミキは異常を感じ取ったのだ。朝日奈は彼女の前に、夕刊を差し出した。

ミキは夕刊を奪い取ると、むさぼるように目を走らせた。夕刊を持つ彼女の手が、痙攣《けいれん》するように震えていた。

「まあ……！」

「どうして、こんなことを……」

ミキは虚脱したように、ベッドに腰を落とした。しかし、朝日奈は別に、疑問を感じなかった。むしろ、峰岸父子らしいやり方だと思った。彼らはあくまで、姫島のような男を殺したことで、法の裁きを受けたくはなかったのである。

そのために、みずから裁いて死刑の宣告と執行を行ったのに違いない。だがそれは、美鈴に対しては残酷な解決方法であった。峰岸父子の心中死体を見つけたのは、美鈴だったのである。

今朝の七時になっても、家中が静まり返っている。父子が起き出して来る気配もなかった。不審に思った美鈴はまず嘉平の寝室を覗いてみて、そこにある父子の死体を発見したのだった。

夕刊の記事には、ショックの余り貧血を起して美鈴は病院へ運ばれたとあった。当然である。峰岸父子は、美鈴のために姫島を殺したのだった。そして今度は殺人の罪を償うために、峰岸父子は美鈴も住んでいる家の中で自殺したのであった。

のである。峰岸父子は美鈴のために人殺しをして、そのことを美鈴が他言したために心中を遂げた峰岸父子の運命を、美鈴が握りつぶしたようなものだった。自分だけひとり無事でいることが、美鈴としては何よりも辛いはずであった。

「裁判を受けても所詮は、死刑だったかもしれないわね」

ミキが言った。

「だから、同じことね」

果たしてそうだろうかと、朝日奈は思った。何か釈然としないものがあるのだ。犯人の自殺という後味の悪い解決を見たせいかもしれない。ルリ子のこともある。ルリ子が事件にまったく無関係だったということに、朝日奈は不満を感ずるのである。

あの退廃的で投げやりのムード、それでいて秘密の匂いがプンプンしている。札幌のホテルで、洋子の死をなぜ電話で知らせて来たりしたのだろうか。ルリ子のほんの気紛れだったのか。

「順。何もかも忘れましょ」

ミキが唇を、朝日奈の額に触れさせた。そのとおり、すべてを忘れるべきだった。もう事件は、終わったのである。朝日奈は自分に、そう言い聞かせた。だが彼の脳裡から、ルリ子のことだけは拭い取れなかった。

第四章
影の気配

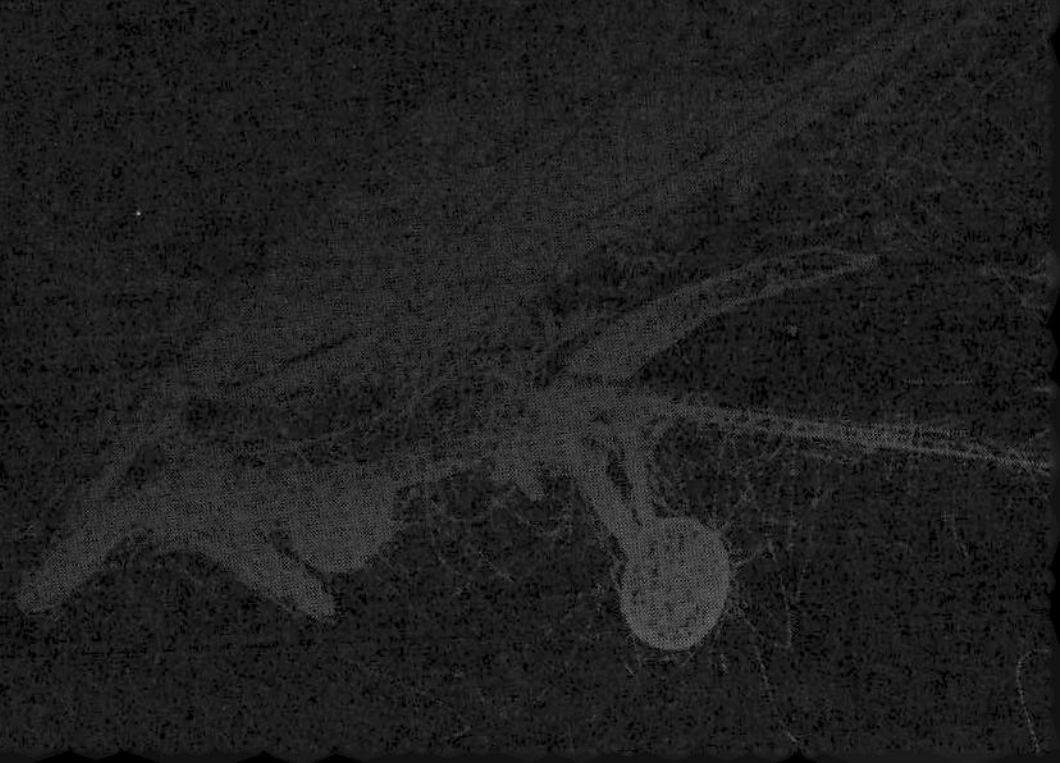

1

長い診察時間であった。四十前の神経外科医は、真剣そのものの表情である。文京区の音羽町にある大学病院は、静まり返っていた。窓の外には、銀杏《いちょう》の木の緑が溢れている。蟬の声が、断続して聞えていた。

午後二時をすぎている。外来患者は、もう受け付けていない。それだけに、時間はたっぷりある。しかも、美鈴を通じての万福観光本社の新しい秘書課長の紹介で、診察を受けることになったのだった。

新任の秘書課長は、目の前にいる神経外科医と親しい間柄だという。それで医師は特別に診察時間をとってくれたし、いろいろと丹念に検査もしているのである。頭のレントゲン撮影をやり、脳波もとった。

いつどうしてそうなったのか、その後の症状はどうかといったことは、付き添って来た美鈴が詳しく説明した。特別診察室に朝日奈と美鈴、それに神経外科医の三人だけになった。

「皮質下運動失語症ですな」

医師は、事務的に言った。朝日奈は、無表情であった。

笠島で、名もない地方の医師から、同じように診断されている。今さら驚くこともない。むしろ、小さな島を巡回している地方医師の診断が、正しかったことに朝日奈は感心していた。

「全治するでしょうか」

美鈴が、医師の方に膝を向けた。

「なんとも言えませんね」

医師は、感情のない眼を伏せた。

「でも、治療の方法は、あるんでしょう」

美鈴が、喰い入るような眼で医師を見上げた。

「今回の検査の結果で、脳外傷が原因かどうかはっきりする筈《はず》です。それによって、治療の方法を考えなければなりません」

「そうですか」

「しかし、治療したから完全に回復するとは、断言できませんね。脳出血、脳腫瘍《しゅよう》といった脳外傷であれば、医学的に回復させることは、可能です。ところが、そうしたことに当人の性格や精神的打撃が加わっている場合、回復可能とは即断できなくなります」

当然なことかも知れないが、医師は冷酷なくらいにはっきりと答えた。

「そういうものなんでしょうか……」

美鈴が、気遣うように朝日奈の表情を、盗み見た。その眼に、絶望の色があった。だが朝日奈の顔に、特別な反応はなかった。彼は最初から、何も期待していなかったのである。今は言葉を失ったことに、それほど悲観していない。

同時に、言葉を回復したからといって、総《すべ》てが元に復することにはならないのである。どうでもいいという気持ちだった。

朝日奈と美鈴は、大学病院を出た。真夏の炎天下であった。光る車のボディが、焼けているように感じられた。しかも、そうした車が視界に溢れている。埃っぽくて、視界に捕えたものだけでも蒸し暑さを膚《はだ》に与えるのであった。

美鈴は、朝日奈に気を遣っていた。何かにつけて彼をかばうのだった。口をきけないということが、美鈴の母性本能を刺戟《しげき》したのに違いない。

峰岸父子の死によって、朝日奈と美鈴は親しさを増したのであった。いや、美鈴の方から親愛の情を示してきたと言うべきだろう。朝日奈には、それを拒む理由がなかったのだ。

峰岸父子の遺書の内容を裏付けるために、警察ではかなり綿密な捜査を行ったようである。そのことで、万福観光の矢ノ倉社長以下何人かの社員、それに朝日奈と美鈴が、何度か警察へ足を運んだ。参考事情を述べるためであった。

そうしたことから、朝日奈と美鈴は何度か顔を合わせることになり、彼女も親しい口をきくようになったのである。

峰岸父子の遺書の内容は、事実であると断定された。峰岸父子が青野芳子、市田洋子を殺害したものと認められたのであった。

勿論《もちろん》、姫島大作も、父子によって殺されたものと判断された。

これで、事件は落着した訳であった。二人の犯人が自殺した。今後、姫島大作殺しに関連して殺人が繰り返されることはないのだ。一切は過去のことになった。

美鈴に言わせれば、後は朝日奈が言葉を回復することだけであった。その結果、彼女が他人《ひと》に頼んで神経外科医を紹介してもらい、朝日奈をそこへ連れて行くことにもなったのである。

しかし、朗報は得られなかった。

朝日奈は、言葉を取り戻せるかも知れない。だが、取り戻せないかも知れないのだ。

護国寺前の通りに出て、美鈴がタクシーを停めた。その時、二人の方へ近づいて来る影があった。朝日奈が、先に気付いた。彼は表情のない顔で、美鈴と肩を並べて立った女へ視線を向けた。美鈴が気が付いたのはそれからであった。

美鈴は、驚いたように女の顔を見守った。女は、ミキであった。ミキは、固い顔をしていた。彼女は、朝日奈と美鈴が一緒に、大学病院へ行ったことを知っていた。そのことを知ったときは何も言わないミキだった。

興味がないといった顔付きで、肩をすくめて見せただけだった。

しかし、時間が経《た》つにつれて、ミキは不安になったに違いない。気が強いだけに嫉妬《しっと》深い女である。ミキは、目的も意味もなく、大学病院へ出掛けて来たのである。

「あら……」

やや遅れて、美鈴が小さく叫んだ。

「何も、驚くことはないでしょ。単なる友達同士が、病院へ来ただけならね」

ミキは、つんとした横顔を見せた。朝日奈は、タクシーに乗り込んだ。運転手が、不機嫌そうに女たちを見ていたからである。美鈴とミキが先を争って朝日奈に続こうとした。

ミキの方が動きも速く、強引であった。押し戻されて美鈴は、結局最後に乗ることとなった。

ミキが、真中にすわった訳である。美鈴は、一瞬暗い顔になった。ミキに割り込まれた形で、不快な気持になったのだろう。

しかし、お嬢さん育ちの繊細な美鈴には、強い態度を取ることが出来ないのだ。それに対してミキは、矢鱈《やたら》と朝日奈に軀《からだ》を押しつけて来た。見せつけるように、ミキは彼の膝の上に手を置いた。

朝日奈は知らん顔でいた。二人の女の心の葛藤《かっとう》には、全く無関心であった。彼の頭の中に生きている女は、一人しかいなかった。姫島夫人のルリ子だった。

「診察の結果はどうだったのかしら」

ミキが、前方を見据えたまま言った。本来ならば、朝日奈に訊《き》きたいところなのだ。だが、彼に即答は出来ない。仕方なく、美鈴に質問したという形だった。それでもミキは、美鈴のほうに顔を向けようとしなかった。

「何とも、言えないそうです」

美鈴が、溜息まじりに答えた。

「そんなことだろうと、思ったわ。もう日も大分《だいぶ》経っているし、医学ではどうにもならないのではないかと私は考えていたのよ」

ミキは、鼻の先で嘲笑《あざわら》った。

「でも、やるだけのことはやってみなければならないと思います」

美鈴は掌《てのひら》の中のハンカチへ眼をおとした。

「あなたとしては、それが当然よ。あなたのために、峰岸父子は姫島大作を殺したんでしよ。そのとばっちりを受けて、順も殺されかかったんだし、結果的にはものが言えなくなったんですもの。何とかするのは、あなたの義務だわ」

ぼんやり聞いていると、ミキは正論を吐いているようである。しかし、実は美鈴に対する、厭《いや》がらせと言うべきであった。挑戦である。口調も皮肉っぽいし、わざわざ朝日奈のことを順などと呼んでいる。そう感じとったらしく、美鈴は深く項垂《うなだ》れた。

「よく、わかっています」

と、美鈴の小さな声が聞えた。

「事件が終わったからといって、何もかも片付いた訳ではないのよ」

ミキが、さらに追い打ちをかけた。

「朝日奈さんの病気は、必ずわたしがお治しします」

顔を上げて、美鈴は唇を嚙《か》んだ。

「そんなことは、頼んでないわ。あなたに出来ることなら、私にも出来る筈よ。順のことで、余計な心配はしてもらいたくないの」

「でも……」

「順はこういう人だから、何でもないような顔をしているわ。でも、普通であれば順があなたを憎んだとしても、不思議じゃないのよ」

「わたしも朝日奈さんに憎まれることに、不満は感じていません」

「正直なことを言うと、順は事件そのものもまだ終わったとは思っていないのよ」

「え……!」

「矛盾を感じているんですって」

ミキが冷やかに、美鈴を見やった。ミキの言っていることは、決して嘘ではない。しかし、余計なことを言うものだと、朝日奈は思った。

「どうして、事件はまだ片付いていないんでしょうか」

不可解に美鈴は乗り出して朝日奈の横顔を見た。

「姫島夫人と矢ノ倉社長が、事件と無関係だったとは、思えないそうよ」

ミキが、得意気に言った。

「ルリ子さんと矢ノ倉社長が……?」

美鈴は、眉を顰《ひそ》めた。

「理由は、三つあるのよ」

「三つもですか」

「一つは、動機がはっきりしすぎていることなの。姫島大作が死んだことで、利益を得たり助かったりするのは、あの二人が一番じゃないの」

「それは、そうですけど……」

「第二に、市田洋子が殺された晩、二人が札幌の万福ホテルにいたことよ。しかも、姫島夫人と矢ノ倉は示し合わせて札幌に行ったんだわ」

「でも、それは何かの間違いです」

「その上、市田洋子の死んだことを、姫島夫人がわざわざ電話で順に知らせて来たんだわ」

「ルリ子さんて、どことなく変わっているんです。外見だけではなくて、やることにも神秘的なところがあるんですよ。それはきっと、ルリ子さんの気紛れだったんでしょう」

「第三に、あの二人が特別な関係にあることだわ。社長が死んで、その夫人と次期社長候補が深い関係を結ぶ。どう考えても、その二人を疑うべきではないかしら」

「でも、峰岸さん父子の遺書には、嘘は書いてありませんでした。それに、あの父子と矢ノ倉さんは、同じ会社の社員というだけで、それ以上の関係にはなかったんです。だから、峰岸さん父子が矢ノ倉さんに利用されるとか、その犠牲になるとかは、絶対にありえないんです」

「その点は、確かにそうだわ。それで、順も疑問を感じているという程度なのよ」

「朝日奈さん……」

美鈴が、ミキの肩ごしに声をかけて来た。朝日奈は、美鈴を見返した。

「それは、間違いなく誤解です。朝日奈さんは一度、ルリ子さんに会ってみるべきだと思いますわ」

美鈴が、そう言った。

「順は既に姫島夫人とは会っているのよ」

朝日奈の代弁ではなく、美鈴の提案を拒むようにミキは言った。

「もう一度、プライベートに会ってみて下さい。そうすれば、ルリ子さんという人がよくわかる筈です。勿論、あの人が人殺しをするかしないかも、はっきりします。わたしがルリ子さんに、朝日奈さんとお会いするよう勧めてみますわ」

美鈴は、真剣な面持ちであった。ルリ子の身を案じていることが、その少女のような眼差しに表われていた。朝日奈は、特に反応は見せなかった。首も振らないし、頷《うなず》きもしない。彼としては、美鈴に一任したのであった。

もう一度ルリ子に会ってみたいという気持ちも、なくはなかったのである。ルリ子に対する興味は、依然として強かった。ただ矢ノ倉の存在が、彼を積極的にさせないだけだった。

「どちらまで？」

ミキが、美鈴に訊いた。どこへ帰るのかという意味だった。美鈴はもう、玉川用賀町にある家には住んでいなかった。

峰岸父子が死ねば、そこはもう管理職住宅ではない。それに、父子が自殺した家となると美鈴は住む気にもなれなかったのである。

「荻窪です」

美鈴は答えた。

最初、運転手には、三田と行く先を告げてあった。

「荻窪によってから、三田へ寄って下さい」

ミキが運転手の背中へ言った。運転手は黙って車の方向を変えた。

音羽一丁目から、目白通りへと左折したのである。目白通りを抜けて、新青梅街道に出るつもりらしい。タクシーに乗っていると、油照りの窓の外に違和感を覚えた。冷房がよく効いているからだった。歩いている人々の顔は、どれも皆渋かった。喘《あえ》ぐようにしている女や、苦しそうに顔を赧《あか》くしている男の姿があった。暑さと、車の行列のせいである。目白通りは、車の渋滞が続いていた。微かに爆音が聞こえた。飛行機が飛んでいると、朝日奈は思った。女達は気にもしていなかった。爆音には敏感な朝日奈であった。

彼はふと、済んだ筈の事件について考えていた。飛行機の爆音が、生々しく姫島大作の死に結びついたのである。

美鈴は、ルリ子を信じろと言う。美鈴は、ルリ子に好感を抱いているらしい。確かに、彼女が言うとおり犯人は他に存在していた。

峰岸父子が、美鈴のために復讐を遂げたのだ。そのように遺書にも明記されていたし、それが事実であることも確認された。実に単純な事件であった。

これ以上、他の人間に疑いの眼を向ける余地はなかった。

論理的には、絶対に間違いない。しかし、論理だけでは片付けられない面がある。それは、朝日奈の直感だった。

ルリ子が、事件に無関係だったとは思えないのだ。それではまるで、ストーリィに関係のない人物が、小説の中に出て来るようなものだった。

やはり、もう一度ルリ子に会ってみるべきだと、朝日奈は改めて思った。

新青梅街道から道をはずれて、タクシーは青梅街道へ出た。荻窪駅の西を、さらに南へ下った。荻窪一丁目の、寺と公園の間で、美鈴はタクシーを停めさせた。

この近くのかなり高級なアパートに、美鈴は独りで住んでいるという。今は、新しい秘書課長の代理というポストに、彼女はついている。矢ノ倉が姫島大作の遺志を継いで、美鈴に高給を支払い、名目的な役職につけているようだった。

「どうも、失礼しました」

そう言って、美鈴は車を降りた。

朝日奈は、会釈を送った。ミキは、知らん顔でいた。

「わたしは、お嬢さんというのが大嫌いなのよ。それに、若い娘のくせに男嫌いだなんて、気味が悪いわ」

タクシーが走り出すのを待って、ミキは反感を露骨に示しながら言った。ミキは自分が育った環境から、お嬢さんを嫌うようになったに違いない。しかし、男嫌いな点は、美鈴のせいではない。その辺は、同情すべきであった。処女であった彼女は、父親のような存在の姫島大作に、凄まじい程の暴力で凌辱《りょうじょく》されたのであった。その時の精神的ショックを考えれば、美鈴が男を避けるようになったのはむしろ当然なのである。

自分は、美鈴が犯される気配を知っていながら、敢えてそれを無視した。朝日奈は、何か後味の悪いものを噛みしめていた。

2

二日後の夜、大川美鈴から電話があった。夜といっても、まだ七時前であった。そうした時間を選んだのは、ミキが店に出勤してからということを考えたからに違いない。事実ミキは五分程前に、出掛けたばかりだった。

「朝日奈さんですね」

美鈴は言った。送受器をはずしてから何も喋らないことで、朝日奈とすぐ察しがついたのである。

「ただ、聞いて下さればいいんです。わたしが、独りで喋りますから……」

美鈴は、そう伝えて来た。

朝日奈は、送受器を手にしたまま、彼女が喋り出すのを待った。

「ルリ子さんに、あなたと会うよう勧めてみました。ルリ子さんのことですから、はっきりした返事はしません。でも、それは会ってもいいという意味なんです。今夜は暇だそうですから、今からいらしてみてください。それだけです。じゃあ、さようなら」

美鈴は、一方的に電話を切った。随分、急な話である。今夜これから、行ってみろと言う。しかし、時間に都合がつかない訳ではなかった。送受器を置いた時、朝日奈は行ってみる気になっていた。

彼は身仕度を整えると、三田四丁目にある森口マンションを出た。

タクシーには乗らなかった。一度行ったことのある姫島邸は、よく知っているのであった。電車で行ったほうが、時間もかからない。切符を買うのも、自動販売機があるので口をきく必要はなかった。

田町から国電で新宿へ、新宿から小田急線で成城学園へと、まったく同じコースを辿《たど》った。成城に着いた時、本格的な夜になった。ネオンはなく、灯《あか》りだけがついている。そんな感じから、朝日奈は下北沢を憶《おも》い出した。徳丸荘アパートや天平食堂の、生活の場が甦《よみがえ》った。

あの頃は、平穏無事だった。しかし、その天平食堂の娘洋子も、今はもうこの世に存在しない。

朝日奈も、乗る飛行機を失っていた。

彼は翼を失った鳥のように、自由に飛べた過去を振り返っていた。

姫島邸は、大きな闇に包まれていた。庭が広く、樹木が多いからである。夜では、蟬の声も聞けなかった。

その城門を思わせるような大きな門も、通用口だけは出入りができるようになっていた。芝生の中を延びている舗装された道の両側に水銀灯が何本か立っていた。

朝日奈は響く靴音を耳にしながら、ロココ調の豪華な洋館へ向かった。二本の円柱の奥にある玄関の前に立って朝日奈は例の銀色の鎖を引っぱった。マイクにスイッチが入ったようだった。

「どちら様でございましょうか」

女の声も言葉も、この前の時とまったく同じであった。朝日奈は、今夜もまたその質問には答えられなかった。

「わかりました。只今まいります」

女はそう言って、すぐマイクのスイッチを切った。この前の時のように、重ねて質問はしなかった。

多分、朝日奈の訪問を、ルリ子から聞かされていたのだろう。間もなく玄関が明るくなり、ステンド・グラスに女の影が映った。扉を開ける前から、女はもう笑顔になっていた。

「いらっしゃいませ」

女中は、朝日奈を玄関の中へ招じ入れた。朝日奈は靴を脱ぎ、女中の後に従って赤い絨毯《じゅうたん》を踏んだ。

白いドアの奥に、大広間があった。シャンデリアが、複雑な光線を放っていた。左右から階段が、カーブを描いて二階へ通じている。その階段の下に、白髪の男が立っていた。今夜は、茶色のスーツという地味な服装をしていた。

藤島という執事同然の男である。今夜も、その藤島が二階への案内に立った。と思っていたが、二階では止まらなかった。さらに、三階への階段をのぼった。

藤島は、白い扉を左右に開いた。初めての部屋である。しかし、この部屋も絨毯は赤、壁や柱は白で統一されていた。

この部屋は、会議室のように広かった。

室内に四本の柱があり、いずれも根元が円形のソファになっていた。一隅に、バーがあった。営業しているバー顔負けの、設備や洋酒が整えてある。

その反対側の壁には、かなり凝った壁画が描かれている。感じでわかったのだが、著名な画家が描いたに違いない。

正面に広いバルコニーがあり、その向こうには余り華やかではない夜景があった。

室内の照明は、余り明るくなかった。全体に、紫色がかっている。わざわざそうした照明にしてあるのだ。

藤島は部屋に入ってすぐ、扉の傍《そば》にある椅子にすわった。朝日奈だけが、部屋の中央へ進んだ。バルコニーの手前に、女の後ろ姿があった。天井も高く部屋が広いので、その後ろ姿はひどく小さく見えた。

今夜も、チュール・レースを身に着けていた。色は照明と同じ紫である。アンダー・ドレスも、紫であった。室内用の靴は、金色のものをはいていた。長い髪の毛が背中に流れている。

最初の時も、ルリ子は背を向けて庭園をぼんやり眺めていた。今夜もまた、そうである。それが、いかにもルリ子らしい雰囲気なのだ。

朝日奈は、彼女の背後に近づいた。ガラスに、朝日奈の姿が映っていた。だがルリ子は、すぐには振り返らなかった。

朝日奈は、ガラスに映っている彼女の顔を眺めやった。

あいかわらず、その美貌には神秘的な翳《かげ》りがあり、暗く冷たいムードが漂っていた。

二人は暫《しばら》く、そのままでいた。

やがて、ルリ子は歩き出した。

「どうぞ……」

歩きながら、ルリ子は言った。一緒に来いという意味なのである。朝日奈は、後を追った。

ルリ子は部屋を斜めに横切って、バーへ向かった。

彼女はカウンターの中へ入ると、洋酒棚からブランディの瓶を抜き取った。二つのコップに氷と水を入れ、二つのグラスにブランディをついだ。そうしてから、初めて彼女は朝日奈と向きあった。

朝日奈は、高い止まり木に腰を据えた。

彼は冷やかに、ルリ子のイヤリングとブレスレットと銀色のマニキュアをした爪に眼を移した。

「美鈴さんから、お話をききましたわ」

ルリ子は、大きな目で朝日奈を見詰めた。無表情である。低い声で、投げやりの感じのする口のきき方だった。暗く冷たいムードは、少しも変わらなかった。

「あなたは、私を疑っているとか……」

ルリ子の口元に一瞬、皮肉な笑いが漂った。朝日奈は、ブランディのグラスを口に運んだ。

「この前お話ししたことが、どうやらおわかりにならなかったようですね」

そう言ってからルリ子は、ドアの傍にいる藤島にわかるように指をパチンと鳴らした。その音が聞えるような距離に藤島はいなかった。しかし、藤島はすぐ立ち上がった。恐らく、彼は絶えずルリ子の方へ気を配っているのだろう。

「あなたに疑われようと疑われまいと、私にとってはどうでもいいことですけどね」

そう言って、ルリ子は近づいて来る藤島を待った。藤島は、カウンターの一メートルほど手前で足を止めた。両手を、前で組み合わせた。まるで、命令だけによって動く、ロボットも同じであった。

「藤島さんは、わたしの私生活について知らないことはありません。たとえば、私と姫島の結婚生活がどんなものであったか、藤島さんに説明させてみてもよろしいんですよ。第三者の証言ならあなたも信じてくださるでしょうからね」

ルリ子はブランディのグラスを手にして、上眼遣いに藤島を見据えた。

藤島は、何でもお申し付けくださいというように、深く頷いた。

朝日奈は、藤島のほうを見ようともしなかった。彼は、第三者とは言えないのだ。言わばルリ子の、奴隷であった。

ルリ子に不利になるようなことを、藤島は言う筈がないのである。

「藤島さん、私が姫島と結婚して五日目に起った出来事を、この方に説明してあげてください」

　ルリ子が、憂《ものう》く唇を動かした。

「はい」

　藤島は、ルリ子に向かって一礼した。

「わたしには、遠慮はいりません。藤島さんが知っていることを、正直に話してみてください」

「承知しました。その日は、土曜日でした。結婚して間もないことでもあり、奥様はお疲れになって朝から寝室に籠《こも》ったままでした」

「頭痛がひどかったんです」

「そうでした。確か、頭痛のお薬をお飲みでした」

「姫島がその日はどうしたかを早く話してみてください」

「旦那様は、箱根へゴルフをおやりにお出掛けになりました。お帰りになったのは、夜の十時過ぎだったと思います」

「いいえ、わたしが姫島の怒鳴る声を聞いたのは、十一時十五分でしたわ」

「そうでしたか。すると、十一時過ぎだった訳です。旦那様は、お独りでお帰りになったのではありませんでした。新橋の芸者衆を、五人程お連れだったんです」

「姫島も芸者さん達も、ひどく酔っていたんでしたね」

「それはもう、ひどい酔い方でした。芸者衆の内の二人は立っていられませんでしたし、もう一人は泣き上戸で大声で泣き喚《わめ》いておりました。旦那様も、舌が廻らずにはっきりと口をきくことが、お出来にならなかったようです」

「あの時、藤島さんは皆さんを、どのお部屋へご案内しました?」

「このお部屋です」

「勿論、姫島も一緒でしたわね」

「はい、このバーで旦那様が水割りをおつくりになり、皆さんが飲みなおしをされたのです。旦那様は、奥様に対する面当《つらあ》てとしてそういうことをなさったのでした」

「何故《なぜ》姫島は、わたしに対してそんな面当てなどしなくてはならなかったのでしょうか」

「そんなことを、わたしの口から申し上げてよろしいのですか」

「構いません。わたしにとっては、恥ずかしいことでもなんでもないんですから……」

「では、申し上げます。旦那様は、奥様に強いご不満をお持ちでした。それは、夫婦生活に対して奥様には感情がないということからです。つまり、旦那様の求めに対して、奥様は事務的に応じ、まるで人形みたいだという意味でした」

「そのことで、わたしが悪いと藤島さんは思っていますか」

「いいえ、愛情も何もない結婚であれば、それが当然だと思います。旦那様は粗野で下品な方でございました。奥様が、その相手をしていられるだけでも不思議なくらいでした」

「話を、先へと続けてください」

「はい。そんなことから面当てをしたくて、旦那様は夜遅く芸者衆を自宅へお連れになったりしたのです。しかし、十二時過ぎには独りだけを除いて、芸者衆達も引き上げて行きました」

「その芸者衆の年齢《とし》は？」

「二十二歳でした。静香と、旦那様はお呼びになっていたようです。あとになってわかったことですが、旦那様はその前後一年半に亘《わた》って、座敷に出ても良いという条件で静香の旦那になっておられたのでした。二人っきりになると、旦那様は奥様を呼べと女中に言いつけました。余りしつこく言われるので、奥様は寝室を出られてこの部屋へおいでになったのです」

「そこで、わたしが見たのは、どんな光景だったでしょうか」

「この部屋の床の上で、動物のように絡み合っている旦那様と静香の姿でした。静香は何も気付かずに、狂ったような声を出しておりました。旦那様は奥様のほうを見ながら、これでもかこれでもかと言うように静香に挑んでおられました」

「その時の、わたしの態度はどうだったでしょう」

「冷静そのものでした。身じろぎもせずに、旦那様と静香が離れるまで、壁の前に立っておいででした」

「わたしの表情？」

「今と、全くお変わりがありません。眼を瞠《みは》ることもなく冷やかに軽蔑するように視線をむけておられました」

「もう、結構ですわ」

ルリ子が表情のない顔で軽く頷いた。

「どうも……」

藤島は、扉の傍にある椅子のほうへ戻って行った。

「如何《いかが》でしたか、今お話ししたことが起こったのは、結婚して五日目だったんです」

朝日奈にそう言うと、ブランディ・グラスを手にしたまま、ルリ子はカウンターの中から出て来た。

3

ルリ子は、バルコニーへ出て行った。勿論、朝日奈がついて来ることを意識しているのである。しかし、見た眼には、およそそんな感じではなかった。それがルリ子のムードの一要素になっているのであった。

決して涼しくはない。それでも、夜の風が肌に心地よかった。空には、珍しく、星が見えた。

こんな男女を、アメリカ映画でよく見掛ける。朝日奈は、そんな気がした。眼下に、庭が広がっていた。水銀灯が、芝生の緑を鮮やかに照らし出している。

「この前の時も、お話ししましたわね。今夜はもう一度、それを証明したんです」

ルリ子は、遠くの闇を眺めやった。その眼が、潤んだように光っていた。虚無的な横顔だった。

「わたしにとって、結婚五日目から既に姫島は関心の対象になっていなかったのです。殺す価値もないと思っているのは、今でも変わりありません。わたし自身、利益とか損得とかいうことに興味もありませんしね」

ルリ子は、それだけ言って沈黙した。もうどうでもいいというような顔をしていた。今、ここで死ねと言ったらルリ子は死ぬのではないだろうか。朝日奈は、そんなふうに思った。改めて彼女の神秘性と、虚無感を感じとったのである。

しかし、だからといって、ルリ子を信じた訳ではない。女には、裏と表がある。それを見抜くことは、不可能に近いのであった。朝日奈は、女を信じたことがなかった。それだけに、ルリ子の言動を是認する気になれないのである。

長い沈黙が続いた。

風が吹き抜けて、闇がゆれる。その繰り返しが、二人には関係なく続いていた。事実、何を考えているのかわからないようなルリ子だった。どうして、こんなところで沈黙を守っているのか。それが楽しいのか。それとも、朝日奈が帰るのを待っているのか。ルリ子の胸の裡《うち》は全く見当がつかなかった。

「それで、病院へはいらしたんですか」

思い出したように、ルリ子がそう訊いた。不意な質問だった。朝日奈はルリ子と並んでから、ゆっくりと頷いてみせた。

「その結果……?」

ルリ子が、質問を重ねた。

朝日奈は、首を振った。

「治らないんでしょうか」

ルリ子は、朝日奈の横顔に視線を転じた。朝日奈は、首をかしげた。

「はっきりした結論は、出なかったんですね」

ルリ子は言った。

朝日奈は、眼で頷いた。ルリ子は、顔を正面に向けた。もうそんな話には、関心がないという顔付きだった。朝日奈は、ズボンのポケットの中にあるマッチに指を触れた。それを取り出してみると、札幌の万福ホテルのマッチであった。

ふと思いついて、彼はそのマッチをルリ子の顔の前に差し出した。ルリ子は、マッチに冷やかな眼を向けた。朝日奈はルリ子と自分の胸を指さしてから、送受器を耳に当てる恰好をした。

「札幌のホテルで、わたしが何故あなたに洋子という人が死んだことを電話で連絡したのか。そういうご質問ね」

ルリ子は、ちらりと苦笑を浮かべた。

「そのことは、美鈴さんからも訊きましたわ。あの日、あなたがホテルの地下であの洋子っていう人と何かやり合っているのを見たんです。そして夜になってから、その娘さんが自殺したということをボーイさんから聞きました。それで、あなたのところへお電話したんです」

ルリ子は、感情のない顔で言った。

朝日奈は宙に、『?』を、指先で書いてみせた。

「何故って……。なんとなく、あなたにお知らせしたかったからです。そう、美鈴さんにも言われましたけれど、わたしの気紛れだったのかもしれません。いいえ、あなたに対する意地悪かしら」

ルリ子は、朝日奈の顔へ眼を走らせた。一瞬ではあったが、その眼に人間らしいものが感じられた。恥じ入るような、照れくさそうな、戸惑っているような眼だったのである。朝日奈に対する意地悪とは、意味深長な言葉であった。だが、それっきりで、ルリ子は再び、口を噤《つぐ》んでしまった。またしても、長い沈黙が続いた。

遠くで犬が吠《ほ》え、パトカーのサイレンが聞こえた。ふと、朝日奈はルリ子を見た。全く同時にルリ子も朝日奈を振り仰いだ。意識してやったことではなかった。偶然の一致でもない。心と心が呼び合うように、互いに何かを感じて相手を見たのであった。眼と眼がぶつかり、視線が絡まった。不可解な吸引力が、二人を衝動的な動きへと追いやった。どちらからともなく、二人は前へ出ていた。胸が触れ合った。朝日奈は、ルリ子の肩と腰に手をかけた。ルリ子はそれを待っていたように、朝日奈の両腕に縋《すが》るようにした。顔が近づけられた。ルリ子が眼を閉じた。長い睫毛が微かに震えていた。その形の良い唇へ、朝日奈は自分のそれを重ねた。柔らかいルリ子の唇だった。

何のためにそんなことをするのか、互いにわかってはいなかった。ルリ子が唇を開いた。迎え入れた朝日奈の舌を、彼女は遠慮勝ちに吸った。それ程、長い接吻ではなかった。ルリ子は男の胸を押しやるようにして、自分から離れて行った。

怒ったような顔で、彼女は闇へ視線を投げかけた。それから、彼女は朝日奈に背を向けた。

「今夜は、これで……。一週間後の今時分、お待ちしておりますわ」

それだけ言うと、ルリ子は足早に歩いてゆき、部屋の中へ姿を消した。

妖しい夢を見たような短い時間であった。一週間後の今頃待っているとは、どういう意味なのだろうか。ルリ子の気紛れかもしれない。あるいは、重要な意味が含まれているとも考えられる。

一週間後のその時間に、罠《わな》が仕掛けられている。朝日奈は、そんなふうにも思った。

朝日奈は、部屋の中へ戻った。そこには、藤島が待っていただけだった。藤島の後に従って、朝日奈は玄関まで降りて行った。

藤島に見送られて、彼は外へ出た。ルリ子はついに姿を見せなかった。

朝日奈は、三田の森口マンションへ帰って来た。十二時近くなって、再び美鈴から電話がかかった。ミキは、まだ戻って来ていなかった。美鈴は、ルリ子と会った結果を聞きたいと言う。しかし、朝日奈には、電話で説明することができなかった。

「明日、会ってくださるかしら」

不安そうに、美鈴が言った。自分から男を誘うことなど、美鈴にとって初めての経験なのに違いない。

朝日奈には、返事の仕様がなかった。

「ドライブにお誘いして、いろいろとおききしたいんです。わたし、明日は会社を休もうと思っていますの。イエスだったら、送受器の声を送るところをコツコツと、二度叩いてください」

美鈴が、そんな提案をした。

「明日の午前九時に、田町の駅前の駐車場で待っています。クリーム色の国産車ですわ。如何でしょうか」

弾むような声で、美鈴は言った。

朝日奈に、断る理由はなかった。美鈴は、たった独りである。寂しいのに違いなかった。

朝日奈は、送受器の送話の部分を、指先でコッコッと二度叩いた。

「まあ、うれしい……！」

美鈴が、張りのある声で言った。

嬉しいという実感がこもっていた。

ミキが美鈴に敵意を示すのは、それなりの根拠があるからかもしれなかった。女の勘というもので、何かを感じ取ったとも考えられる。

しかし、そんなことはどうでもよかった。朝日奈は美鈴の口から、ルリ子についていろいろと訊きたかったのである。

翌朝、朝日奈は八時に起きた。ミキにとっては、ベッドから脱けられない時間だった。半分眠っている声で、何処《どこ》へ行くのかとミキは訊いた。朝日奈は、それを無視した。間もなくミキは、寝息をたてはじめた。

朝日奈は、田町駅まで歩いて行った。駅前の駐車場は、車で埋まっていた。

だが、運転者がいる車は、殆どなかった。美鈴は、車の傍に立っていた。

ピンクのブラウスに、黒のスラックスをはいている。そんな恰好も似合う美鈴だった。

それでも、やはりお嬢さん臭さは抜けなかった。

彼女は、トンボ眼鏡を持った手を激しく振った。その顔には、喜びと羞恥《しゅうち》の色があった。

朝日奈は、助手席へ乗り込んだ。そこには、メモ用紙とボールペンが置いてあった。朝日奈のために用意した筆記用具である。美鈴がハンドルを握った。走り出して暫くすると、美鈴はクーラーを入れた。その横顔は、いかにも若い娘らしく、瑞々《みずみず》しい感じであった。

車は新宿を抜けて、甲州街道を西へ向かった。小一時間かかって、調布へ出た。調布のインターチェンジから、中央高速へ入った。

ウイークデーなので、中央高速道路はさして混《こ》んではいなかった。運転には自信があるのか、美鈴は九十キロのスピードを出した。

「ルリ子さんについてのご感想は如何ですか」

美鈴が、微笑を浮かべた。

そういう雰囲気なのか、彼女はかなりうちとけていた。積極的であっても世間知らずのお嬢さんらしくて嫌味がなかった。

朝日奈は、メモ用紙とボールペンを手にした。

『魅力的な女《ひと》だと思う』

メモ用紙にそう書いて、朝日奈は美鈴に見せた。

「そうでしょうね」

美鈴は、まじめな顔で頷いた。

『男嫌いだという感じだ』

朝日奈は、そうペンを走らせた。

「そうかもしれません」

メモ用紙に目をやって、美鈴はトンボ眼鏡をかけなおした。

『あなたも、そうだときいている』

と、朝日奈は書いた。冗談であり、彼としては珍しいことだった。

「相手によりけりです」

美鈴は、照れ臭そうに笑った。だが、その笑いはすぐ消えた。暗い眼差しになった。姫島大作に犯された時のことを、思い出したのかもしれなかった。

『彼女は、今後どうするつもりだろうか』

朝日奈は、初めて質問をメモ用紙に記した。

「多分、結婚はしないだろうと思います。一度目は離婚、二度目は死に別れですからね。もう、結婚にはこりたでしょう。それに、経済的には何の不自由もないんですもの」

『彼女に残された姫島の財産は、どのくらいあるのだろうか』

「さあ、わたしにはわかりません。何やかやで、数億はあるでしょうけどね」

『いやな亭主が死に、一生困らない程の金が手に入った』

「だから朝日奈さんは、ルリ子さんを疑ったんでしょう。でも、女ってそんなことで人殺しをするものかしら」

『女が人殺しをする時は、必ず愛人が絡んでいる』

「ルリ子さんに愛人なんているとは思えません」

『矢ノ倉と、そうではないのだろうか』

「まだ、そんなふうに思ってらっしゃるんですか。ルリ子さんの好みからいっても、そんなことはあり得ません。ルリ子さんはああいう人だから、矢ノ倉社長みたいに年齢《とし》をとった人を愛したりはしませんわ」

『あなたは、彼女と矢ノ倉が何でもないと、断言できるのか』

「できます。ルリ子さんは、ムードのある男性が好きだと言ってました。お金持ちの紳士より、何処か崩れているようなムードのある男性的な人を好きになるって……。こんな言い方は失礼かもしれませんけど、朝日奈さんのような人が、ルリ子さんの好みなんです」

そう言ってから、美鈴は恥じらうように眼をしばたたかせた。

自分の好みも、ルリ子と同じだと言いたかったのかもしれない。

朝日奈はゆうべ、既にルリ子と唇を重ねている。ルリ子は、一週間後にまた来てくれと言っていた。それらのことが、美鈴の言葉を裏付けていると、考えられないことはなかった。とすれば、ルリ子と矢ノ倉が特別な間柄にあるということも、否定されるのであった。

車は相模湖、大月を過ぎて富士吉田へ向かっていた。大月を過ぎてからは、追い越す車もなくなった。こんなにすいている高速道路は、珍しい位であった。そのせいか、東京からあっという間に富士山麓に近づいていた。

よく晴れていて、富士山がくっきりと姿を見せていた。

中央高速を出ると、間もなく河口湖であった。河口湖、西湖、精進湖、本栖湖を巡るのに便利な国道百三十九号線を、車は走り続けた。

朝日奈は、バック・ミラーに映る黒塗りのセダンを見た。中央高速を出た時から、ピタリとついてきている乗用車であった。

4

特に、危険な予感はなかった。しかし、考えてみれば、妙な話である。その黒塗りのセダンが後について来るのに気付いたのは、中央高速を出てからであった。

東京ナンバーの車である。

それが、中央高速を出てから、目立つように尾行して来る筈はなかった。

あくまで、東京から追って来たと考えなければならない。空《す》いている高速道路であれば、見通しがよくきく。従って尾行する場合も、極端に接近する必要がないのである。

遥か後方を走っている車を、尾行しているのかどうか判断するのは難しい。

多分、東京からついて来た車に、気付かなかっただけのことだろう。

高速道路を出ると、かなりの距離を保ってはいられない。他にも車が走っているし、いつどの辺の傍道《わきみち》にそれるかもわからない。

それで、黒塗りのセダンは中央高速を出た途端に、慌てて、距離をせばめたのではないだろうか。

朝日奈は、バック・ミラーに目を凝らした。カーブの具合によって、何人乗っているのかがはっきりわかった。四人である。いずれも、男であった。サン・グラスをかけているのが二人いた。

そんな連中に、尾行される覚えはなかった。事件が解決する前ならともかく峰岸父子は既に死んだのである。

だが、尾行されているということは、事実であった。誰が、どうしてということまで、考えが及ばなかった。

朝日奈はその時になって、ある種の危険を予知したのだった。

「どうかしたんですか」

美鈴は、バック・ミラーに目を向けた。

『尾行されている』

朝日奈は急いで、メモ用紙にそう書いた。

「あの車が……？」

美鈴が、意外そうな顔をした。彼女も、尾行されているなどとは、考えられなかったのに違いない。

「偶然、あとからついて来るんでしょう」

気を取りなおしたように、美鈴は笑ってみせた。その時、黒塗りのセダンが、スピードを上げた。セダンは、美鈴の車の右側へ出て来た。殆どすれすれであった。美鈴は反射的にハンドルを左に切って、車を道の端に寄せた。黒塗りのセダンは、なおも寄って来た。接触しそうになった。これ以上、道の端へ寄ることはできなかった。

道の左側は、富士山麓の樹海であった。その中へ、車を突っ込む訳にはいかなかった。顔色を変えた美鈴は、必死になってブレーキを踏んだ。急停車した時、黒塗りのセダンがすぐ右側にあった。セダンから、三人の男が降りて来た。

朝日奈と美鈴を、外へ出て来るように差し招いた。男たちは笑っていた。知り合いか友人のように、見せかけるためである。

通りかかる乗用車やトラックの運転者も、別に怪しんではいなかった。場所が場所である。二台の乗用車は道の端に寄って、何人かが話し合っている光景など少しも珍しくないのだ。

「降りろ」

男の独りが、朝日奈の左腕を摑《つか》んだ。顔は笑っているが、声には凄味があった。

朝日奈は、言われたとおりにする他はないと思った。男達が何者なのか、見当もついていない。それに、美鈴という連れがあった。

一人や二人を相手にしているうちに、仲間達が美鈴に何をするかわからなかった。

朝日奈は、車の外へ出た。

あとから、美鈴も車の外へ引き出された。美鈴は青い顔をして、小刻みに震えていた。男たちに何をされるかわからない。そう思った時、美鈴の記憶には姫島大作に犯された時の恐怖が甦ったのだろう。

「あなたたちは、誰なんですか」

おびえ切った顔で、美鈴は男たちに言った。掠《かす》れた泣き声であった。

「その中へ、入ってもらおうか」

サン・グラスをかけた男の一人が、道の左側にある樹林を指差した。

まず朝日奈が、林の中へ踏み込んだ。そのあとを美鈴が追い、それを三人の男たちが取り囲むようにした。この辺りは、古木が密生する昼なお暗きという樹海ではなかった。雑木林である。それだけに、一層特色がなかった。何処を見ても、同じような雑木林だった。

場所は、精進湖のやや手前であった。言うまでもなく、雑木林の中には道がなかった。一部に、林道が出来たという噂を聞いたことがある。五十メートルも歩くと、道は完全に見えなくなった。

男の一人が、白い麻糸を取り出した。その端を、一本の樹の幹に結び付けた。その男が、白い麻糸を延ばしながら歩いた。

「何処へ行くんです？」

悲鳴に近い声で、美鈴が言った。

「これから、二時間ばかり歩いてもらうのさ」

と、先頭の男が振り返った。

「行先は、何処なんですか」

美鈴が哀願するように先頭の男の所へ駆け寄った。

「そんなことは、知るもんか。この樹海の奥に入って、そこが何というところかわかる人間は、この世に一人もいないだろうよ」

先頭の男が、冷たく笑った。他の二人も、声に出して笑った。

「そんな……！」

美鈴が、先頭の男の腕にすがった。

「何も殺すとは言ってないぜ」

男は、美鈴を振り払った。

「帰りは、どうするんです！」

「俺たちは、この麻糸をたぐりながら戻って来る。あんたたち二人は、樹海の奥に残ってもらうぜ」

「そんなことになったら、二度とは出て来られません！」

「そういうことに、なるだろうな。この樹海は、何処まで行っても感じが同じだ。方向がわからなくなる。あちこちと歩き回れば、ますます迷い込むそうだ」

「わたしたちを、殺すつもりなんですか！」

「俺たちに、そんなつもりはないさ。しかし、結果的には二人とも、死ぬことになるだろうな」

「やめて！　お願いだから、助けてください。今からすぐ、引き返します！」

美鈴は、今来た方向に走り出そうとした。だが、背後にいた男に抱き止められた。美鈴は、泣きながら絶叫した。しかし、もうその声が、道路に達するような距離ではなかった。道路を歩いている人がいれば、あるいは聞えるかもしれない。

だが、国道百三十九号線を走るのは、車ばかりであった。万が一、誰かが耳にしたとしても、どっちの方向から声が聞えて来るのか、見当がつかないだろう。

男たちの言うことに、間違いはなかった。この樹海の奥へ連れ込まれて、そこに置き去りにされれば、完全に方角を見失う。樹海は広大である。やたらと歩き回っても、脱出できるという保証はない。九十パーセント生命は危険になる。

三、四日歩き回って、脱出できたという前例はなくはない。だが、必ず助かるという可能性は、殆どなかった。

疲労と飢えのために、いつかは根《こん》が尽きる。そうなって睡魔に襲われた時、この世に訣別を告げることになるのだった。死体も、発見されないのに違いない。

残酷で巧妙な殺し方であった。

助かる方法としては、何か目印を残していく他はない。しかし、目印を残す方法がなかった。歩きながら目立つものを落としたりすれば、当然後ろから来る男たちの眼に触れるだろう。それに、あちこちに落としていくものを、朝日奈は所持していなかった。美鈴も同様である。絶体絶命であった。

朝日奈はもう、脱出方法を考えようとはしなかった。運を天にまかせたのだ。それよりも、男たちが何故自分と美鈴を殺そうとするのか、朝日奈の思考はその点に集中していた。

そこで思い当たるのは、やはりルリ子のことであった。

ルリ子とは、ゆうべ会っている。ルリ子は朝日奈に疑われていることを、はっきりと自覚した筈だった。

その翌日、こうして生命の危険に追いやられたのである。そこには、何の因果関係もないのだろうか。いずれにせよ、事件はまだ終わっていなかった。

峰岸父子の死によって、総てが解決した訳ではないという朝日奈の見方は、正しかったようである。

一時間程、歩き続けた。不思議と、汗をかかなかった。直射日光が、樹木の梢《こずえ》に遮《さえぎ》られているせいかもしれない。地上には、微かに震えている無数の木の葉の影が落ちていた。

回りは、無意味な程静かだった。鳥の声も聞えない。頭上に、僅かな青い空があるだけだった。富士山も見えない。視界は、茶褐色に彩《いろど》られていた。

美鈴も、もう泣き喚かなかった。放心したような顔で歩いている。諦めた訳ではない。死の恐怖におびえながら、実はその実感が湧かないのだろう。美鈴はたまに、ハンカチで顔を拭った。汗ではなく、涙を拭いているのだった。

朝日奈は、時計に目を落とした。午後一時半だった。あと一時間歩いて、その場に置き去りにされる。何とか方向を定めたとしても、たいして歩かないうちに夕暮れを迎えることだろう。何とかしなければならない。表情のない顔で、朝日奈は辺りを見回した。出来るだけ早く、脱出を計らなければならない。一歩でも奥へ向かえば、それだけ危険が増すのであった。

「ちょっと、待ってくれ」

最後尾にいた男が、声高に呼びかけた。一行は足を止めて、最後尾の男を振り返った。

麻糸が、途絶えたのである。最後尾の男は、新しい麻糸の束を取出した。新しい麻糸を、途絶えたほうの端に結び付けている。

「ひと休みするか」

先頭の男が、その場にしゃがみ込んだ。

「喉がかわいた」

もう一人の男が、樹の幹に凭《もた》れかかった。

「冷たいコーヒーがいいぜ」

最後尾の男がそう言って、女みたいな声で笑った。

「冷えたビールのほうがいい」

煙草に火を点《つ》けながら、先頭の男が言った。男たちは疲れている。樹海の中を歩き続けるのは、いわば単調で退屈な作業であった。休憩することによって、彼らの気はゆるんでいる。チャンスはいまだと、朝日奈は思った。

朝日奈は空を見上げるように装いながら、しゃがんでいる先頭の男に近づいて行った。男の傍に立った時、その間の距離は一メートル程であった。突然、朝日奈の長い右足が弾かれたように宙に躍った。靴の爪先が、男の顎を蹴り上げていた。

「わっ……！」

男が吼《ほ》えるような声を発した。

蹴り上げる力によって、男は中腰になった。その口から、煙草が飛んだ。のけぞって転倒した男の脇腹に、朝日奈の靴が一層強烈な一撃を加えていた。

振り向きざまに、朝日奈は右のストレートをのばしていた。背後から襲いかかって来る気配を、感じとったのである。

その反射的なストレートが、飛び込んで来た男の鼻柱を砕いた。顔を真っ赤に染めて、男は四つん這いになった。

麻糸を結んでいた男が、逃げ腰になった。朝日奈は水中に跳び込むように、跳躍していた。彼の体が、宙を流れた。それは逃げる体勢にあった男の背中にかぶさった。

二人は重なり合って、地上に転がった。

すぐ朝日奈のほうが、男の胸の上に馬乗りになった。至近距離から振り下ろすような朝日奈の左右のフックが、男の顎に食い込んだ。男は抵抗をやめて、全身を弛緩させた。朝日奈は立ち上がった。

美鈴が、駆け寄って来た。親を見つけた迷子のような顔をしていた。二人は、地上に落ちている麻糸にそって歩き出した。

麻糸を辿りながら持ち帰ってもよかったが、そうすれば三人の男が脱出できなくなる。三人とも、死ぬかもしれない。相手が誰であろうと、朝日奈は人殺しをしたくなかった。それで麻糸には手をつけずに、ただ眼で確かめながら歩くことにしたのだった。

歩くといっても、美鈴は走っているのと変わりなかった。

三人の男が、追って来ることを恐れているのだ。それに、この巨大な密室が、何とも不気味だったのである。一刻も早く樹海から出たいと焦るのは当然のことであった。

途中で、麻糸が切れているのではないかという不安が、二人の頭を離れなかった。しかし、麻糸は最後まで、無事であった。

朝日奈は美鈴の腕を摑んで、左の方へ足を進めた。樹海の中へ踏み込んだ地点から、百メートル程左へはずれるためだった。道路には、男たちの仲間がもう一人待っている筈である。その男の、不意を衝く必要があったのだ。

朝日奈は、道路へ視線を走らせた。美鈴の車と黒塗りのセダンが、ほんの少し距離を保って止めてあった。二台の車が接触しそうに並んでいたのでは、見る人に怪しまれるだろう。交通を阻害する。それで、二台の車の位置を、そのようになおしたのに違いない。

黒塗りのセダンの横に、男が立っていた。ぼんやりと、煙草を喫《す》っている。朝日奈は、美鈴を道路に押し出すようにした。

同時に二人は、美鈴の車へ向かって一直線に走った。男がそれに気付いたのは、朝日奈と美鈴が左右から車に乗り込んだ時だった。驚いた男が駆け寄って来た。

美鈴が乱暴にアクセルを踏んだ。男はあわてて車を避《よ》けた。美鈴は強引にハンドルを回して、Uターンをした。

「真《ま》っ直《す》ぐ、東京へ帰ります！　もう恐ろしくて……」

美鈴が喘ぐようにして言った。

5

森口マンションに帰って来たのは、夕方の六時過ぎであった。とにかく落ち着いて、今後のことを考えなくてはならない。そんな気持ちがあって、美鈴も森口マンションへ来たのであった。

ミキは、既に化粧を始めていた。朝日奈に続いて美鈴が部屋へ入って来るのを見たとたん、ミキは血相を変えて三面鏡の前から立ち上がって来た。

朝日奈は何処へ行くとも知らせずに、朝早くから出かけて行った。それが美鈴を連れて、帰って来たのである。ミキの美鈴に対する感情、それに彼女の性格から言っても、穏やかにすむ筈がなかった。

朝日奈は表情を変えず、ゆっくりと首を振ってみせた。嫉妬などしている場合ではない。冷静になれという意味だった。ミキはくやしそうに、口元を引き締めた。

「ごめんなさい。私はミキさんの存在を尊重しているし、朝日奈さんに対しても良い人だなと思うだけで、それ以上の感情はありません。どうか、誤解をなさらないでください」

美鈴は、ミキに向かって丁寧に頭を下げた。

「だったらどうして、順を誘い出したりするのよ」

ミキは、フンと言うような顔をした。

「朝日奈さんからお訊きしたいこともあったし、気晴らししたかったんです」

美鈴は、ミキの視線を避けようとはしなかった。

「やっぱり、順と一緒にいると気晴らしになるんじゃないの」

ミキは、肩をすくませてみせた。外国人がよくやる仕種で、それはミキの癖でもあった。

「そりゃあ、朝日奈さんはいい人だし……」

そこで初めて、美鈴は眼を伏せた。

「まあ、いいわ。いったい、何があったというのよ」

ミキは、三面鏡の前へ戻った。

「わたしたち、殺されそうになったんです」

美鈴は鏡の中のミキに言った。

「殺される……？」

ミキは、振り返った。

美鈴の顔を見てから、ミキは朝日奈へ眼を移した。事実かと、尋ねている眼であった。

朝日奈は頷いた。それを見て、ミキは美鈴の言葉を信じたようだった。

「わたし、もう駄目なんじゃないかと思ったくらいです」

美鈴は、泣き疲れた時のような溜息を吐《つ》いた。

「相手は、何者だったの？」

再び立ち上がって、ミキはキッチンの方へ歩いて行った。

「それがわからないんです」

美鈴は朝日奈に勧められて、ソファの端に腰を沈めた。

「じゃあ、まるで例の事件が、まだ終わってないみたいじゃないの」

冷蔵庫の中から、ミキが三本のジュースを取り出した。

「そんな筈はないんですけど……」

「順の考えは、間違っていなかった訳ね」

「例の事件に、関係してることでしょうか」

「決まっているじゃないの。同じ人間が、いろいろな連中から命をねらわれてたまるもんですか。そうでしょう」

「確かに、そうだと思います。でも、犯人はもうこの世にいないんです」

「だから、そのあたりに何かからくりがあるのよ」

「本当の犯人は、まだ生きているとおっしゃるんですか」

「本当の犯人は、あくまで峰岸父子でしょう。あの父子が、誰かの罪を被って自殺したとはとても考えられないわ」

「だったらどうして、今もなおわたしたちの命を狙ったりするんでしょう。朝日奈さんばかりではなく、このわたしまで殺そうとしたんですものね」

「順が、新たに疑いはじめた。それにあなたが一枚嚙んだ。その結果、順とあなたが、命を狙われるようになったんじゃないかしら」

「と言うと、やっぱりルリ子さんを疑うべきだと、おっしゃりたい訳ね」

「順が疑っていたのは、姫島夫人だけではないわ、矢ノ倉社長も、その一人よ」

とミキは、テーブルの上に三つのコップを並べた。それに、冷たいジュースをついだ。

態度は冷やかだが、ミキの顔はあまり険しくなくなっていた。

「もし矢ノ倉社長とルリ子さんが特別な関係にあるのだとしたら、わたしも疑わざるをえないでしょうね」

美鈴は、考え込む眼になった。

「その点を、はっきり確かめてみたらどうかしら。これまでもあの二人の関係を疑っていながら、事実は完全に確認されてないんですものね」

「いい考えだと思いますわ。その点をはっきりさせることの他に、此方《こちら》の出かたはないでしょう」

「わたしが、それを引き受けるわ」

「わたしも、協力します」

「じゃあ、あなたはルリ子のほうを担当してよ。わたしは、矢ノ倉社長に探りを入れてみるから……」

「何か、いい方法があるんですか」

「その前に、あなたに訊きたいことがあるの。あなたは、矢ノ倉社長について、詳しいことを知っているかしら」

「姫島社長のことなら、プライベートな面でも詳しかったんですけど、矢ノ倉さんとなるとあまり……」

「でも、少しぐらいのことなら知っているんじゃないの？」

「ことによりけりです」

「お酒はどうなの？」

「飲むほうでしょうね」

「洋酒？　それとも日本酒？」

「両方、やるという話を聞いたことがあります」

「つき合いは？」

「仕事の上の、つき合いですか」

「そう」

「それは、勿論こまめにやっているでしょう。会社の性質上、つき合いは何かと必要ですからね」

「すると、銀座に出入りしているわね」

「銀座、赤坂、新宿あたりが舞台らしいですわ」

「銀座の何というお店が、馴染《なじ》みなのかわかるかしら」

「さあ……」

「何とか思い出してほしいわ。わたしは今のお店をやめて、そっちへ移るつもりでいるんですからね」

「ソボンヌ……」

「ソボンヌ？」

「矢ノ倉社長の口から、何度かそう言うお店の名前を聞いたことがあるような気がするんです」

「ソボンヌというお店なら、わたしも知っているわ」

「そうですか」

「超一流よ」

「だったら、きっとそのソボンヌというお店へ、ちょいちょい行っているんだと思います」

「わかったわ」

「じゃあ、ミキさんはそのソボンヌというお店へ、移るんですか」

「ええ。今夜のうちにでも、話を決めちゃうつもりよ」

「そんなに簡単に、決まるものなんでしょうか」

「ソボンヌからは、何度かスカウトの声がかかっていたのよ。わたしみたいなハーフって、意外に人気があるからね」

「今のお店に、借金があったりしたら、すぐにはやめられないんでしょう」

「ソボンヌからお金を借りて、今のお店の借金を埋めることができるわ。バンスといってね、それが当然のことなのよ」

「そんな調子だと、明日からもうソボンヌへ移れる訳ですね」

「そうよ。間もなく、矢ノ倉がソボンヌへ来るでしょうね。そうしたら、腕によりをかけて矢ノ倉に接近するわ」

「でも、矢ノ倉社長は、そう若くありませんわ」

「いくつになっても、男はみんな同じよ。こう見えても、銀座で一流ホステスだわ。まかせておきなさいよ」

ミキは、自信たっぷりな言い方をした。そんなミキを、美鈴が心配そうに見守っていた。美鈴にしてみれば、気軽に店から店へ移ったり、男を誘惑してみせると口にしたりするミキが、不思議に感じられるのかもしれなかった。

しかし、ミキは決して、いいかげんなことを言っているんではない。彼女の自信には、それなりの裏付けがあるのだった。多分、ミキは矢ノ倉への接近に成功することだろう。そうは思ったが、朝日奈はミキのやり方に賛成した訳ではなかった。

ただ彼は、女たちの計画に口を挟まなかっただけである。女たちの協力を願ってはいなかった。朝日奈は、彼なりの方法でやるつもりだった。と言うより、相手に対して何かを仕掛ける意志を、朝日奈はもっていなかったのだ。

彼は、探偵のまねごとなど、好まなかった。そんな意欲もない。振りかかる火の粉は払う。朝日奈の場合は、常にそうであった。

「とにかく、よろしくお願いします」

美鈴が言った。

「わたしは、順のためにやるのよ」

ミキは立ったまま、コップのジュースをゴクゴクと一気に呷《あお》った。

6

ミキが、銀座の高級クラブ『ソボンヌ』に勤めるようになって、五日間が過ぎた。ルリ子との約束の日だった。ミキが店へ出て間もなく、朝日奈も出掛ける支度をした。大した期待はなかった。だが、今夜の成行《なりゆき》に、些《いささ》か興味がある。ルリ子は何のために朝日奈を招いたのか、彼女のように自尊心の強い女が、自ら男を自宅へ招くということは、珍しいと考えるべきだった。

具体的な目的もないのに招待したのだとしたら、それこそ気紛れである。

やはり、何かの罠がある。朝日奈は、そう思いたかった。

朝日奈が森口マンションを出てから、小雨がぱらつき始めた。夕立という感じではない。夜気が冷たかった。本降りになるかもしれない。

しかし、朝日奈は傘を持たなかった。傘がどこにしまってあるのか、わからなかったからである。小田急線の成城学園駅を出ると、雨脚がかなり激しくなっていた。

朝日奈はたちまち、頭からびしょ濡《ぬ》れになった。彼は、駆け出したりしなかった。濡れるだけ濡れてもいいと、ふてくされたような気持ちがあったのだ。

姫島邸の門から玄関へ通じている舗装道路を、雨が激しく叩いていた。跳ねて散る銀色の雨が、戯れているように見えた。

玄関の近くまで来て、飴色《あめいろ》のベンツが停めてあるのに気が付いた。言うまでもなく、矢ノ倉が使っている車であった。

運転手が眼を閉じて、シートに凭れかかっていた。最初ここを訪れた時も、矢ノ倉が先客として来ていた。今夜もまた、そうである。しかし、今夜の朝日奈は、逃げもかくれもしなかった。

彼はいつものとおり銀の鎖を引っ張って、来訪を告げた。女中の声が聞え、朝日奈は沈黙を続けた。今夜もそれで、女中は朝日奈の来訪と察したようだった。

女中が出て来て、彼を玄関の中へ招じ入れた。

「まあ、ひどい濡れようで……」

女中が、眉を顰《ひそ》めた。

朝日奈は委細《いさい》構わず、スリッパをつっかけた。廊下にしずくがたれるほど濡れてはいなかった。

いつもと変わらず、大広間へ抜けた。無意識のうちに、朝日奈は緊張していた。矢ノ倉がここへ来ている。問題の男女が、顔を揃《そろ》えているのであった。二人で、朝日奈と会うつもりなのかもしれない。とすれば、罠か取引きに決まっている。

朝日奈はふと、二階へカーブを描いている階段を藤島が駆け下りて来るのに気が付いた。逆に朝日奈は、その階段をのぼろうとしていたのであった。

「お待ちください！」

藤島がそう声をかけてきた。

いつもの彼に似合わず、ひどく狼狽《ろうばい》していた。朝日奈は、階段をのぼり続けた。その前に藤島が立ち塞がった。

朝日奈が左に寄ると、藤島もそうした。右へ寄っても、同じことだった。藤島はなんとか行く手を阻もうとしているのである。

「どうか、お待ちを……！」

藤島が、縋るような眼で言った。

何故、邪魔をしようとするのか。矢ノ倉とルリ子が、見られてはならないことをしているのだろうか。もしそうであるなら、ぜひともその現場を確かめたかった。朝日奈は、藤島を押しのけた。そうしてから、彼は階段を駆けのぼった。

「いけません！　お待ちになってください！」

と、藤島の叫び声が後を追って来た。

二階の部屋ではないと、朝日奈は見当をつけた。藤島が、三階から階段を降りてきた感じだったからである。

朝日奈はさらに、三階への階段を大股に踏んだ。そこで眼に触れたのは、微かに隙間が出来ている部屋のドアであった。一週間前に、案内された部屋である。

朝日奈は、そのドアに向かって突進した。しかし、彼はドアの前で凝然となった。予期していなかった声を、耳にしたからだった。紛れもなく、矢ノ倉とルリ子の声であった。

しかも、ルリ子らしくない甲高《かんだか》い声だった。口早に、何か言っている。

二人は、言い争っているのだ。

「厭なものは、厭です」

「そんなふうに、言わないでいただきたいな。奥さん……」

「こんな言い方をさせるのは、あなたのほうじゃありませんか」

「いや、わたしには奥さんをお怒らせしようという気持ちなど毛頭ございませんよ」

「でしたら、そのお話はもうやめていただきます」

「しかし、それでは奥さんの我儘《わがまま》と言われても、仕方がありませんな」

「どうして、わたしが我儘なんでしょうかしら」

「わたしは奥さんのためを思うからこそ、札幌の万福ホテルの経営をおまかせしたいと申しあげているんです」

「何度言ったら、わかっていただけるんですか。わたしに商売ができるかどうか、矢ノ倉さんから見れば一目でおわかりの筈です」

「何も奥さんが、直接経営にタッチしなくてもよろしいんです」

「名目だけでいいと、おっしゃるんですわね」

「そうです」

「でしたら、なおさらのことですわ。名目など、あってもなくてもよろしいんでしょう。わたしははっきりとお断りします」

「あくまで、奥さんは全資産を処分して、姫島家や万福観光と完全に縁を切りたいという訳ですか」

「そのとおりです。わたしは姫島や万福観光に、何の愛着もございません。過去のこととして、早く忘れてしまいたいのです」

「それは確かに、奥さんの自由であり、権利でもあります。しかし、前社長と万福観光には、縁のなかった奥さんではありません。万福観光のために力をお借しくだすったとしても、決して不思議ではないという気がしますけどね」

「わたしには、万福観光に貸すような力はございません」

「それが、違うんですな。奥さんが前社長の遺志を継いで、万福観光の進展のために先頭に立たれたとなれば、社員の意気ごみからして変わってくるんです」

「矢ノ倉さんには、わたしがどういう女か、おわかりだと思います。わたしは何よりもわずらわしいこと、中でも商売といったことが大嫌いなんです」

「それは、商売の経験のない人が、おっしゃることなんですがね」

「そんなものを、経験したくもございませんわ」

「実は先月、奥さんを札幌へご案内したのも、万福ホテルというものの内情や経営などについて、知っていただきたかったからなんです」

「そうとわかっていたら、札幌へも行かなかったでしょうね」

「一度、おやりになってみたら如何ですか。女性として、いつまでも若く、年齢《とし》をとりませんよ」

「余計なお気遣いは、ご無用に願います」

「余計なことでしょうか」

「はい」

「奥さんには、わたしの気持ちが通じていないようですな」

「どんなお気持ですか」

「わたしたちは、大人どうしですし。口に出さなくても、おわかりかと思っておりました」

「いいえ、一向に……」

「わたしは心の底から奥さんの将来について案じているんですよ」

「まあ、それはそれは……。感謝しなければいけませんわね」

「奥さん、わたしは真剣ですよ」

「わたしも、真剣です」

「奥さんが総てを整理されて、万福観光とは全く関係のない人間になられる。わたしがそれをお引き止めする心の何処かには、奥さんを失いたくないという気持ちがあるからなんです」

「わたしたちは、大人どうしだとおっしゃいましたわね」

「違いますか」

「それは、矢ノ倉さんが勝手にお決めになったことだと思います。矢ノ倉さんは確かに、大人でいらっしゃるかもしれません。でも、わたしはまだ二十代なんですのよ」

「成程、痛烈な皮肉ですな。年齢《とし》の違いを持ち出されると、わたしにはもう一言もありません。しかし、異性を思う気持に、年齢というものは無関係です」

「女が、年下の男に言うような台詞《せりふ》ですわね。いずれにしても、私には矢ノ倉さんのそんなお気持がとうてい理解できないんです」

「では、どうしてもわたしのお願いを、聞き入れてはいただけないんですな」

「はい」

「しかし、わたしにはどうしても諦められません。また、出直すことにしましょう」

「いいえ、もう結構です。それから、矢ノ倉さんに財産の処分をお願いしたこと、あれは取り消させていただきます」

「待ってください、奥さん」

「いいえ、わたしは気分が悪くなりました。どうぞ、お引き取りください」

「奥さん……！」

「もう少しはっきり言わせていただけるなら、もう二度と再び矢ノ倉さんのお顔を拝見したくないんでございますの」

そこまできいて、朝日奈はドアの前を離れた。部屋から、矢ノ倉が出て来るからであった。矢ノ倉とは『ヒメ号』の遭難以来一度も顔を合わせていない。彼が朝日奈に対してどんな態度に出るか、まったく見当もつかなかった。だが、今の朝日奈は、まだ矢ノ倉と会いたくなかったのである。

階段とは反対の方向に、朝日奈は廊下を歩いた。廊下の角を曲がって、彼は部屋のほうを覗《のぞ》いてみた。矢ノ倉が出て来た。一人であった。ルリ子が見送るという気配もなかった。矢ノ倉は、肩を怒らせていた。その後ろ姿は間もなく階段へ消えた。

矢ノ倉とルリ子の今の対立を、どう解釈すべきであろうか。朝日奈はそう思った。二人の言い争いを素直に受け取れば、これまでの朝日奈の想定は一切否定されなければならない。

ルリ子と矢ノ倉は、特別な関係などにないのであった。矢ノ倉のほうに、その気はあるらしい。だが、ルリ子は相手にしていなかった。年齢が離れすぎている。それに、矢ノ倉はルリ子の好みに合わないとも言えた。

美鈴の話によると、ルリ子の好みはムードのある男だという。金持ちの老紳士よりも、ルリ子は朝日奈を選ぶのに違いないと、美鈴は言っていた。

あるいは、矢ノ倉の助平根性と考えてもいい。

前社長夫人のルリ子と結婚すれば、矢ノ倉は名実共に恐れることを知らない実力者になれるのである。そうした矢ノ倉の計算を、ルリ子は見抜いているのかもしれなかった。

だが、そういう解釈は、あくまで二人の口論を事実として受け取った場合に限られるのだ。二人の芝居だと考えられないことはない。

今夜、朝日奈が来ることはわかっていた。朝日奈は、二人の関係を疑っている。そんな彼に聞かせるために二人は言い争っているふうを装ったのかもしれない。そうすることによって、朝日奈の疑いを晴らすためである。

二つの場合が考えられて、そのどちらともいえないのであった。だが、その結果はこれからルリ子と会うことによって、明確になるに違いなかった。

藤島の言動についても、同じことがいえた。ルリ子と矢ノ倉の言い争いを、聞かせたくないために朝日奈を制止した。

ルリ子と矢ノ倉の指示によって、制止すると見せかけながら、その言い争いを朝日奈に聞かせた。

そのいずれか、さっきの藤島を見ただけでは判断がつかなかった。

その藤島が、廊下を歩いて来た。明らかに、朝日奈を捜しているのである。朝日奈は藤島の前に、姿を現した。藤島は黙って、部屋のほうへと手で示した。

ルリ子が、待っているということらしい。

藤島が、部屋のドアをノックした。

「どうぞ……」

遠くで、ルリ子が応じた。いつもの取りすました声に戻っていた。朝日奈は、部屋の中へ入った。

室内の雰囲気も照明も、一週間前と少しも変わっていなかった。バーの止まり木に、ルリ子の後ろ姿があった。ルリ子は、白いスーツを着ていた。スカートのスソが思い切り短かった。組み合わせた脚が、作りもののように美しかった。

朝日奈は、バーへ向かいながら振り返った。藤島の姿が消えていた。今夜は、御用済みらしい。藤島のいないところでルリ子と一緒になるのは初めてのことであった。

朝日奈は、ルリ子の隣の止まり木に腰を据えた。ルリ子は、朝日奈のほうを見ようとしなかった。宙の一点に、暗い眼を漂わせていた。心持ち顔色が悪かった。

矢ノ倉と口論したせいかもしれなかった。朝日奈は、カウンターの上にあるカードへ手を延ばした。真新しいトランプである。

彼はカウンターの上に、カードを並べた。カードによる占いであった。

「矢ノ倉さんとの言い合いを、聞かれてしまったらしいわね」

ルリ子が、横眼でカードを見やりながら言った。これまでになく、馴れ馴れしい口のきき方だった。一週間前には、唇を触れ合わせた二人である。ルリ子もそのことを、意識しているのかもしれない。

「ちょっと、頭痛がするの」

ルリ子は、頬杖を突いた。

彼女の上品な香料が、朝日奈の鼻腔《びこう》を擽《くすぐ》った。

「あまり、いい占いではなさそうね。それより、ウイスキーの水割りを、作っていただけないかしら」

ルリ子が手を出したのと、朝日奈がカードを掻き混ぜたのが殆ど同時であった。二人の手が重なるようにして触れ合った。ルリ子が、朝日奈を見た。その口元に、甘えるような笑いが漂った。

彼女が初めて見せる女っぽい笑顔だった。

朝日奈は立ち上がった。カウンターの中に入った。コップの中へ氷片を入れ、ウイスキーを注いだ。

「今夜は、ゆっくりしていっていいんでしょうね」

ルリ子が、朝日奈を見上げた。はっとするような言葉であった。だが、淫らなものは少しも感じられなかった。それは、ルリ子がひどく真面目な顔付きをしているせいだった。なにかに憑《つ》かれたような、熱っぽい眼差しをしている。男を誘惑するというものではなく、真剣な女の姿があるのだった。朝日奈は、自分の水割りも作った。

カウンターの外へ出て、ルリ子の隣の席へ戻った。二人は、コップを触れ合わせた。ルリ子は、一気に飲みほした。飲みほしてから、照れ臭そうに笑った。

「今夜のわたしは、どうかしているのかもしれないわ」

ルリ子はふと、寂しげな面持ちになった。

彼女がどういうつもりなのか、依然として見当がつかなかった。それが彼女の偽らざる姿なのか、それとも何かを企んでいるのか、朝日奈には見抜くことが出来なかった。ルリ子に対する彼の特別な興味が、客観視を妨げているのに違いない。ルリ子の言葉は、あることを意味していた。女が最後に用いる武器という解釈も成り立つのだった。

「今夜は、この家でわたしと一緒に過していただきたいの」

ルリ子は言った。

思い切って、口にしたことに違いない。そのせいか、恥じらう風情はなかった。

朝日奈は、カウンターの上にコップの中身をこぼした。

『どういう意味？』

朝日奈は指先に水をつけて、カウンターの表面にそう書いた。

「わたし、こういうことを我慢していられないの。はっきり、言わせていただくわ。わたし、あなたを忘れられなくなったの」

ルリ子は、どちらかといえば恐ろし気な顔で、そう言った。

『それが、許されるのだろうか』

朝日奈は、カウンターの乾いている部分を探して水の文字を記した。

「誰が、許さないというのかしら。姫島のような男であれば、夫であろうと無視する。愛してしまえば、総てを捨ててその人のところへ走る。わたしは、そういう女なの。氷のような冷たさと、炎のような熱っぽさを、同時に持ち合わせているんだわ」

ルリ子は、両手を差し出した。

朝日奈はそれを取って、静かに引き寄せた。止まり木から落ちたルリ子は、そのまま朝日奈の膝の上へ移った。朝日奈の眼の下にルリ子の顔があった。縋るような、何かを訴えるような彼女の表情だった。

朝日奈は、ルリ子を抱いた。彼女も荒々しく朝日奈の背中へ両腕を回した。極めて自然に、唇が重ねられた。

ルリ子は、積極的に応じた。一週間前の時よりも、遥かに熱っぽく技巧的であった。

朝日奈は、ルリ子の目蓋《まぶた》から目元へかけてピンク色が広がるのを見た。長い接吻が続いた。ルリ子は眉間《みけん》に皺《しわ》を寄せて、苦しそうな顔になった。唇を離すと、ルリ子は朝日奈の肩に顔を伏せて、背中を波打たせた。

「わたしを、運んで……」

喘ぐようにして、ルリ子が言った。

朝日奈は、彼女を抱き上げた。腕にはしっとりとした重みがかかり、それでいてルリ子の体は軽かった。彼女は、全身の力を抜いていた。朝日奈は円柱の間を通り抜けて、部屋を真っ直ぐに横切った。ルリ子が、その方向を指差していたからである。

やがて、壁に突き当たった、その部分は、白く塗ったドアになっていた。ドアにノブはなく、押しただけで外側へ開いた。

その奥は、短い廊下になっていた。突き当たりにもう一枚、重そうな扉があった。そのドアを開けると、眼の前に二十畳程の部屋が広がった。

抱かれたままで、ルリ子が電気のスイッチを押した。室内が、クリーム色の照明によって照らし出された。この部屋は、青で統一されていた。天井と壁には、明るいブルーの布地が張ってある。床の絨毯は濃紺だった。窓のカーテンも、水色であった。中央に、豪華なダブル・ベッドが据えてある。その周囲に、レースの垂れ幕が下がるようになっているベッドだった。

レースの垂れ幕もベッドも、やはりコバルト・ブルーである。左手に、ドアが二つ並んでいた。ドアは開けたままになっている。右側が浴室で、左側は化粧室だった。

ベッド・カバーは、既に取り除かれていた。ブルーのシーツがベッドを覆っていた。朝日奈は、そこへルリ子を横たえた。

サイド・テーブルの上に、図画用紙くらいの紙が重ねてあり、傍《そば》にマジックが置いてあった。それもどうやら、朝日奈のために用意してあったものらしかった。彼は早速、一番上の紙にマジックで字を書いた。

『手を洗いたい』

それを読んで、ルリ子が浴室を指差した。朝日奈は、浴室へ向かった。

そこで、湯を出し、顔と手を洗った。雨に濡れた湿り気が不快だったのである。ついでに、生乾きのポロシャツを脱いだ。彼はそのまま、浴室を出た。浴室を出たところで、寝室の電気が消えているのに気が付いた。

ベッド・ランプだけがつけてある。それもブルーの照明で、部屋全体が海底のような色に染まっていた。一瞬朝日奈は目を瞠った。ベッドの上に俯《うつぶ》せになっているルリ子を、彼は見たのである。

彼女は身につけていたものを残らず脱ぎ捨てていた。生まれたままの姿であった。背中に黒い髪の毛が流れているだけだった。

その白い裸形が、ブルーの照明の中で、青い光沢を帯びていた。掠《かす》んでいるような肌が、人間のものとは思えない程美しかった。

ルリ子は俯せになって、顔だけを朝日奈のほうへ向けていた。その眼に、恥じらいの色があった。彼女は強《し》いて、羞恥に耐えているようだった。その均整のとれた裸身と、肩、胸、腰などのデリケートな曲線を、ベッドに近づきながら朝日奈は確かめた。

彼がベッドの傍に立つと、ルリ子は不意に仰向けになった。前を隠そうともしなかった。形が全く崩れていない胸の隆起が、震動するように揺れていた。その奔放な姿態は、むしろ妄想を起こさせなかった。無心な美しさである。

ルリ子は物怖《ものお》じしない眼で、朝日奈を見詰めていた。朝日奈は、その場に両膝をついた。ルリ子を引き寄せると、軽くその唇に触れた。それから、彼女の首筋へと朝日奈は唇を移行させた。

それはやがてまろやかな丘をのぼり、その頂上にあるピンク色の蕾《つぼみ》を捕えた。ルリ子は、朝日奈の左の手首を固く握っていた。彼女の呼吸が乱れるのを、朝日奈は上下する胸の高低によって察した。

男の唇は、女のくびれた肌を伝わって、豊かな腰の丸みへと進んだ。女の下肢が、硬直しはじめていた。男の唇が神秘の部分を捕えた時、下肢を弛緩させた。膝を立て、それをまたゆるやかに伸ばす。そうした反復を、女は無意識の裡に行っていた。男の左の手首を握る力が、次第に強まった。女は首を左右に振り、枕を引き寄せると、それに横顔を押しつけた。開きかげんにした女の唇が痙攣《けいれん》するように震えていた。それでも女は、自分を見失ってはいなかった。狂おし気な姿態を見せまいとし、あられもない声を洩らすまいと努めていた。

やがて、女が男に埋没をうながした。男は自分の下に女の裸身を隠した。男は埋没し、女はそれを体の軸で捕えた。その一瞬から、熱っぽい風は吹きあげる炎に一変した。海底のようなブルーの色の中に、遊泳する魚に似て律動が止まることはなかった。

ルリ子は自分の左手を口に押し当てた。微かに洩れる白い呻《うめ》きを、殺そうとしているのであった。しかし、そうした努力とは無関係に、ルリ子の全身が反応を示していた。熱病にかかったような震えが、次第に大きなうねりとなった。悶《もだ》えに似た動きは、力強い調和に変わった。

やがて、男女は最も強烈な感覚に到達していた。ルリ子は枕を押しのけ、のけぞるようにして息を止めた。その眼から、涙が溢れていた。男女は静寂の中で、休息の時を迎えた。長い沈黙が続いた。ルリ子がふと、体を反転させた。

「これっきりになるかしら」

ルリ子は、掠れた声で言った。眼を閉じたままである。その横顔にやすらぎがあった。

「あなたは、わたしのことをどう思っているの？」

ルリ子が、手だけを延ばして来た。その手が、朝日奈の顔を探し当てた。

朝日奈は、まったく反応を示さなかった。ルリ子の質問には、答えられないのである。彼女をどう思っているのか、朝日奈にもわからないのであった。

「あなたが、今一番ほしいものは？」

ルリ子の横顔が、ちらっと笑った。

満足そうな笑いであった。依然として彼女は眼を閉じている。朝日奈は、上体を起こした。乗りだすようにして、サイド・テーブルの上の紙に字を書いた。

彼はそれを、ルリ子の顔の上に置いた。ルリ子は紙を手にすると、それに眼を凝らした。

ルリ子は不思議そうに、朝日奈の顔を見た。

『軽飛行機』

その紙には、そう書いてあったのである。

7

朝日奈が、姫島邸を辞することになったのは午前一時半であった。ルリ子は、ハイヤーを呼んだ。藤島や女中の姿は、全く見当たらなかった。遠慮して姿を見せないのか、そうでなければ先に眠るようルリ子に言われていたのだろう。

帰る時も、ルリ子が玄関まで送って来た。

そこで、二人はあっさりと唇を合わせた。朝日奈は一人だけで、玄関の外へ出た。どしゃぶりの雨だった。

ハイヤーは、門の外で待っているという。朝日奈は、雨の中を門まで走った。深夜である。厚い闇が、雨に光っていた。門の外に、黒塗りのハイヤーが停めてあった。

朝日奈に気付くと、運転手が降りて来た。素早く、後部座席のドアを開けた。朝日奈は飛び込むようにして車に乗った。ハイヤーは、すぐ走り出した。

しかし、百メートルと行かないうちに、運転手がブレーキを踏んだ。前方で明かりが回転しているのを、朝日奈も見た。

懐中電灯を回しているのである。ハイヤーが停まると、ゴムガッパを着た男が近づいて来た。警官のようであった。

警官は窓の外で、ドアを開けるように運転手に合図した。

「事故ですか？」

運転手がドアを開けて顔を突き出したとたん警官の右手が激しく振り下ろされた。鈍器のようなものが、運転手の後頭部を一撃した。運転手は声も立てずに、地上へ転り出た。警官ではない。朝日奈がそう思った時、後部座席の反対側のドアがあいた。

彼は、とっさに身を引いた。その瞬間に、背後のドアが開け放たれた。振り返る暇もなかった。

朝日奈は、後頭部に激痛を覚えた。彼は、死を感じた。意識が薄れてゆく。総てが混濁して朝日奈は真暗な穴の中へ落ち込んでいった。

その後のことについては、全く記憶がなかった。

気がついた時、朝日奈は何故自分がこんなところにいるのか、判断に苦しんだ。その位妙なところに、彼はいたのだった。

屋内であった。だが、窓らしいものはない。体を横たえているその感触から推して、コンクリートの上にいるらしかった。後頭部に、痛みが残っている。手で触れると、熱をもって腫《は》れていた。

彼は立ち上がった。闇の中を手探りで歩いた。すぐ、両手が何かに触れた。タイルのように滑らかな壁であった。壁づたいに、彼は横へ歩いてみた。

電気のスイッチらしきものが、掌の下に入って来た。朝日奈は、それをひねった。眼前が明るくなった。闇に慣れていた眼だから、ひどく明るく感じられたのである。普通であれば、それは薄暗い電灯であった。六畳程の広さだった。とくに、裸電球が一つだけ点じている。四方はクリーム色のタイル張りだがかなり薄汚れていた。

ドアが一つだけである。頑丈そうな鉄扉だった。開けようとしたが、それは無駄なことだった。勿論、打ち破れるような扉ではなかった。

完全に、閉じ込められたのである。ここは、地下室に違いない。それは普段は、使われていない地下室だった。室内には、何もない。

机が、一つだけ残されていた。あとは、コンクリートの床に散らばっている紙屑だけだった。

朝日奈は、紙屑の中に同じ文章を記したものが何枚もあることに気が付いた。それは、ガリ版刷りで大きな字を記した、ポスターのようなものだった。

朝日奈は、そのうちの一枚を拾い上げた。

謹告　当村松ビルは取り壊して、新しく建築することになりました。当ビル御使用の事務所はとりあえず左記へ移転して戴きました。なおビルの取り壊しは十月一日から始まり、新築の完成の予定は来年の九月一日です。

このガリ版刷りは廃屋と化したこのビルのあこちに貼り出したものなのだろう。その余分を、地下室に残していったのに違いない。

取り壊しが開始されるのは、十月一日だという。十月一日まで、まだかなりの間があった。それまで、このビルには誰も近づかないのだ。

ここには、水さえもない。閉じ込められたままでいれば、そう長くは生きていられない。十月一日になって、取り壊しが始まった時、ビルの地下室で餓死体が発見される。酔っぱらって地下室へ入り込み、脱出することが不可能になり餓死したものと判断されるだろう。

富士山麓の樹海の奥へ連れ込むのと同じで、安全率の高い殺人の手段であった。

朝日奈はもう一度、地下室の中を歩き回ってみた。しかし、人間の力だけでここから出ることは全く不可能だということを、再確認したのにすぎなかった。

壁は厚い。天井と床はコンクリートであった。穴一つあいていない。鉄の扉も、あけようがなかった。

完全に、外界との連絡は断たれていた。空気は流通しているらしい。窒息することは、まぬがれそうであった。

だが、窒息するほうが、むしろ楽かもしれなかった。水を求めながら、徐々に命を縮めていくのは死ぬこととして最も残酷である。

朝日奈は、机に腰掛けた。どうすることもできない。さすがに、顔色が変わっていた。

絶望感と、何か方法はないかという期待が、彼の胸で交互に点滅した。

朝日奈は立ち上がると、思い切り机を蹴とばした。

机は、転倒した。

その瞬間に、机の下から黒いものが飛び出した。

電話機であった。

机の下に棚があって、そこに電話機が押し込んであったらしい。ただし、コードはつながっていなかった。コードの先は、プラグになっていた。差し込み用の電話機である。

何故、そんな電話機がここに置いてあったのか。その差し込み用の電話機が、果して外部に通ずるかどうか。

そうした疑問について、考えている余裕はなかった。

朝日奈は、プラグを差し込む電話用のコンセントを探した。電話用のコンセントは机が置いてあった位置からさして遠くないところに見つかった。

床に近い壁の部分に、それは嵌《は》め込んであった。

朝日奈は、そこへプラグを差し入れた。送受器を、耳に当てた。ツーという音が、聞えてきた。

電話機は使える。外部との連絡は取れるのであった。

この村松ビルというのが、東京の何処にあるのかわからなかった。

一一〇番に、連絡すべきであった。

朝日奈は、ダイヤルを回した。

「こちら、一一〇番です」

先方の男の声が言った。

一一〇番が出たのである。

ところが、その時になって朝日奈は、自分が言葉を喪《うしな》っていることに気が付いた。危機を告げようとしたが、言葉は出なかった。

「もしもし、どうかしましたか。こちら、一一〇番ですが……」

警官の緊張した声が、そう呼び掛けて来た。朝日奈は、焦った。しかし、焦れば普通の人間でも、喋れなくなる。朝日奈は、額の脂汗《あぶらあせ》を拭った。

「もしもし、もしもし、もしもし……」

警官の声を耳にしながら、朝日奈はどうすることも出来なかった。

第五章 空と海に燃ゆ

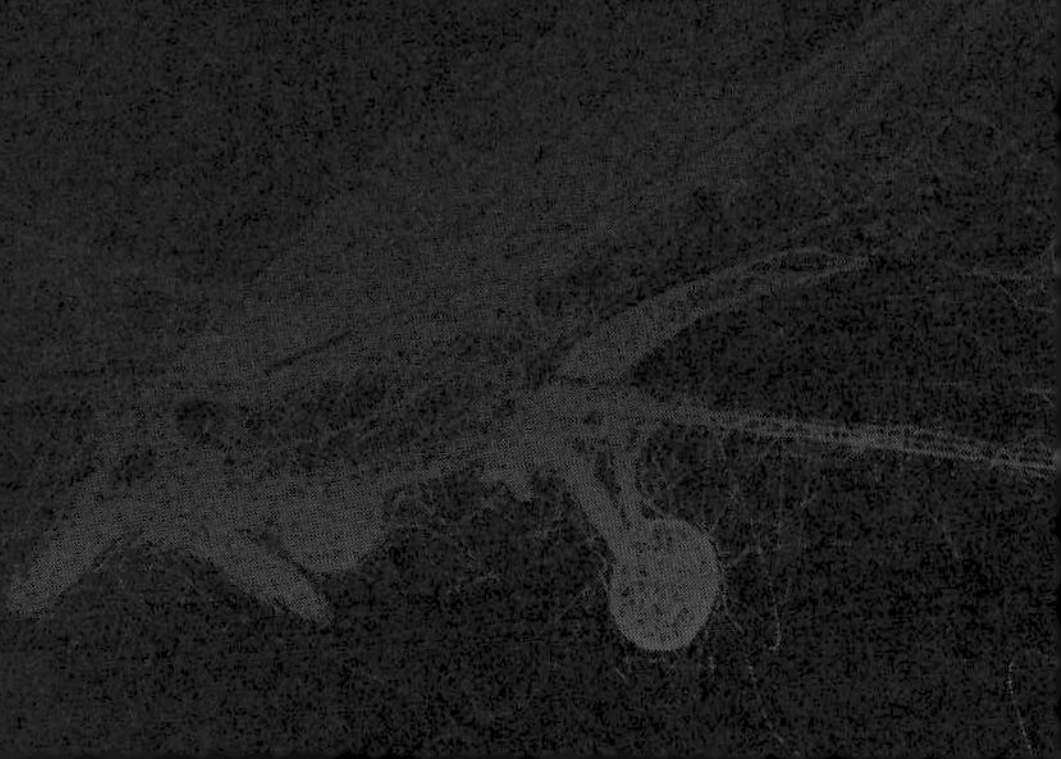

1

最後の手段として、送受器をはずしたままにしておくほかはなかった。そうした場合、一一〇番がそれを無視するはずがない。口をきくことのできない危険に追いやられているか、悪質な悪戯《いたずら》電話と解釈するに違いない。

そうなれば、どこからかかっている電話か、逆探知で見定めるだろう。

朝日奈は送受器をはずしたまま、その場を離れた。必ず救い出されるという保証はない。彼は地下室の中を、右へ左へと歩き回った。時間の経過が、ひどく遅いように感じられた。いくども、時計を見るせいである。

パトカーのサイレンでも聞える場所なら、聞き耳を立てる。だが、ここは外界と完全に隔絶されている。音は何も聞えない。それだけに、焦燥感に駆られるのであった。

十五分たった。地下室の鉄の扉が、外から激しく叩かれた。朝日奈には返事が出来ない。彼は鉄の扉に近づくと、同じように内側から乱打した。

金属音が響いて、鉄の扉が押し開かれた。扉をあけたのは、五十すぎの男であった。このビルの、管理人に違いなかった。その背後に、四人の制服警官が立っていた。

「どうしたんだ」

「何があったんです」

口々にそう言って、警官たちが地下室の中へ入ってきた。そのうちの一人が、はずしたままの送受器を手にした。

「警視一〇三、只今現場に到着しました。ビルの地下室に閉じ込められただけで、他に異状はないようです。以上」

警官はそう伝えてから、送受器を戻して電話を切った。

「一一〇番へ電話をしただけで、どうして何も言わずにいたのかね」

四十前後の警官が、じろじろと朝日奈を眺めまわした。もちろん朝日奈に喋ることはできない。彼は唇に指を当てて、手を左右に振って見せた。

「口をきけないのかね」

警官は、同情的な眼差しになった。

朝日奈は、書くものを貸してほしいとゼスチュアで示した。警官が胸のポケットから、手帳と万年筆を取り出した。

「住所と名前を、書いてくださいよ」

警官が言った。

朝日奈は左手で、森口マンションの住所と自分の名前を書き込んだ。

「何故、こんなところに入り込んだのかね」

警官は興味深そうに、朝日奈の顔を見上げた。

朝日奈は『廃屋になったビルの中が、どんなものか見たかったから』と、手帳に印した。

「さては、酔っていたな」

警官は苦笑しながら、手帳と万年筆をポケットに戻した。

朝日奈は、事実を伝えなかった。正直に話せば、警察へ行って詳しい事情を説明しなければならない。一つには、それがわずらわしかったのである。もう一つの理由は、自分をこの地下室へ連れ込んだ人間に対する怒りであった。

自分の力で、その人間に報復してやりたかったのだ。もちろん、ここへ朝日奈を連れ込んだ連中は、ほんの道具にすぎない。彼が怒りを覚えたのは、その道具を操る影の人物に対してであった。

朝日奈は、警官たちと一緒に村松ビルを出た。そこは、ビルの裏口であった。路上に、パトカーが止まっていた。視界は、厚い闇に閉ざされていた。

間もなく、午前四時である。

ビルの管理者らしい男を乗せて、パトカーが走り去った後、朝日奈はゆっくり歩き出した。ここがどの辺なのか、まだ見当がついていなかった。道はやがて、広い通りに出た。タクシーが、思い出したように疾走してくる。かなり広い通りで、国道と思われた。

『1』という道路標識が目についた。国道1号線ということになる。

どうやら大田区の南蒲田あたりらしい。歩いている通りの左側に、大田区の下に字の続く看板が幾つか見られた。

広い通りは第一京浜国道であり、それを突っ切って真っ直ぐ行くと国電の蒲田駅の南を抜けるはずである。

朝日奈は、タクシーを止めた。彼は助手席のシートの上に、指で『ミタ』と書いた。

「三田ですね」

運転手が、そう念を押した。

朝日奈は、深く頷《うなず》いてみせた。タクシーは走り出した。第一京浜をそれて、蒲田駅の南を抜けている道に入った。第二京浜へ出るつもりらしい。朝日奈はシートに深く凭《もた》れて、腕を組んだ。表情のない彼の顔に、異様な冷たさがあった。

影の人物となると、ルリ子の他には考えられないのである。そのやり方が、いかにも卑劣であった。自分の肉体を餌に甘い罠《わな》を仕掛け、その直後に朝日奈を殺そうとしたのだった。姫島邸を出たとたんに襲われたのが、なによりの証拠であった。

時間から推して、村松ビルへかなり早い時間で到着している。成城から南蒲田まで、環状八号線か玉堤通りを利用すれば、殆《ほとん》ど直線コースであった。

ルリ子は、そこまで計算ずみだったに違いない。朝日奈にとって忘れられない女だっただけに、ルリ子に対する怒りは激しかった。

今夜これから、ルリ子のところへ押しかけて行ってもいい。そうすれば、いくらかは気がおさまる。

しかし、実際問題としては、意味のないことだった。ルリ子が指示したという証拠は、何一つないのである。彼女は、何も知らないと言い張るに違いない。

いったんは、三田の森口マンションへ引き上げるべきだった。冷静に考えてから、ルリ子を締め上げる。それでも、遅くはなかった。森口マンションに着いた時は、すでに四時を過ぎていた。マンションは、深い眠りの中にあった。

だが、ミキの部屋だけには、灯りがついていた。ドアにも、鍵はかかっていなかった。部屋の中へ入ると、窓際に立っていたミキが振り返った。ピンク色のネグリジェ姿だった。化粧をおとした後の顔が、見るからに眠たそうであった。

笑いのない顔で、ミキはゆっくり近づいて来た。女と一緒だったのではないかと、嫉妬《しっと》している顔であった。おそらく、美鈴のことを意識しているのだろう。朝日奈はズボンも脱がずに、ベッドの上に横になった。嫉妬するミキを、責める気はなかった。相手は美鈴でないにしろ、今夜は女を抱いているのである。

それも、彼を見事裏切った女だった。そう思うと、後味が悪かった。

「何処へ行っていたの？」

ミキは朝日奈を押しやるようにして、ベッドに腰を沈めた。

朝日奈は、何の反応も示さなかった。彼は、天井を凝視していた。

ルリ子に対した怒りを感じながら、一方では彼女を信じたいと思っている。そんな気持ちから、ミキの相手をするのがいかにも億劫《おっくう》だったのだ。

「誰と一緒だったの？」

ミキは、サイド・テーブルに手を延ばした。そこには、筆記用具が置いてある。それを手にすると、ミキは朝日奈の胸の上へ運んだ。

「さあ、返事して……」

ミキは、朝日奈の顔を覗《のぞ》き込んだ。

彼は、紙をミキの背中に押しつけた。そこに『ビルの地下室に、閉じ込められていた』と、乱暴に書いた。そのまま朝日奈は、ミキに背を向けた。

床の上に舞い落ちた紙を、ミキは拾った。それに、目を通した。

「あの、お嬢さんも一緒だったんじゃないの？」

ミキは、振り向かずに言った。

地下室に閉じ込められていた、ということは信じたらしい。しかし、朝日奈をどうしても美鈴に結びつけたがっているのだ。

朝日奈は、知らん顔でいた。

「いい気なものね」

ミキは、立ち上がった。

「こっちは必死になって矢ノ倉について調べているというのにさ」

ミキは、窓のほうへ歩いて行った。

「今夜、ついに来たのよ」

ミキが、さり気なく言った。

さり気なく装ったのは、もちろん朝日奈の気を惹《ひ》くためである。果たして、朝日奈はむっくりと起き上がった。ベッドから降り立った。だが、ミキの話に、興味をもったという顔ではなかった。

彼は、真っ直ぐバス・ルームへ向かった。バス・ルームのドアを閉めた。脱衣する影が、曇りガラスに映った。ミキが、泣き出しそうな顔になった。

彼女は、バス・ルームのドアの前に駆け寄った。勢いよく、ドアをあけた。朝日奈の姿は、すでにシャワーの下にあった。

湯が彼の筋肉質の体を、叩いては散っていた。

「わたしの話なんて、聞きたくないという訳なの？」

ミキは、ヒステリックに叫んだ。

その眼の前へ、朝日奈は手を差し出した。

「今夜初めて、矢ノ倉が店に姿を現したのよ」

朝日奈の掌の上に、ミキは石鹼を叩きつけるように置いた。

「それなのに、何さ！」

ミキは、ネグリジェを脱ぎ始めた。

全裸になったミキは、両腕で胸をかかえるようにしてタイルを踏んだ。

朝日奈は、黙々と体に泡を立てていた。ミキは朝日奈に寄り添うようにして、シャワーの下に立った。朝日奈が、シャワーのコックを捻《ひね》った。降りそそぐ湯の勢いが遥かに激しくなった。

ミキは、頭から湯を被った。セットしたばかりの髪の毛が、たちまち崩れ始めた。まるで、豪雨の中に立っているようだった。ミキは、朝日奈を振り仰いだ。湯が顔を叩くので、目を細めなければいられなかった。

「聞いて！」

ミキは、大声をはり上げた。

口の中へ、容赦なく湯が流れ込んで来た。

ミキと向かい合いになって、朝日奈は冷やかに彼女を見下ろした。ミキが、胸を隠していた両腕を取り除いた。豊かすぎるくらいの量感を見せて、彼女の胸の隆起が喘《あえ》ぐように揺れた。

「美鈴という女と、一緒だったとしてもわたしは咎《とが》めないわ。誰を、抱いたっていいの。ただ、わたしに冷たくしないで！」

ミキは、朝日奈の背中へ両腕を回した。

二人の体は、密着した。濡《ぬ》れている滑らかさが、互いの体温をそれほど意識させなかった。

「矢ノ倉が、ソボンヌへ来たわ。その話、聞きたくないかしら?」

ミキは、朝日奈の胸に顔を押しつけた。そのミキの肩を、朝日奈は軽く叩いた。彼がシャワーの湯を止めると、ミキは驚いたように顔を上げた。彼女は陶然とした眼で、朝日奈を見詰めた。

「あとで、愛してね」

ミキが、呟《つぶや》くように言った。

2

今夜、来るかもしれない。そうした期待は必ず裏切られた。しかし、今夜のミキに、そのような期待がなかった訳ではない。待つのはよそうと思っていたが、心の隅には矢ノ倉という名前が小さく存在したのだった。

『ソボンヌ』は、高級クラブである。もちろん、フリの客は来ない。従って、入って来る客が誰であるかは、ホステスの何人かが当然知っているのだった。

銀座ミユキ通りにあるビルの八階に、『ソボンヌ』はあった。この店では、ミキは新顔である。だが、店の支配人がミキをほしがっていたことは、何となく知られているものだった。スカウトが何度も通って、ようやくミキを口説き落としたということになっていた。それで、新顔の彼女であっても、ホステスたちは一応の扱いをしていた。それに、ヘルプではない。ミキには、特定な客がついていた。『ソボンヌ』へ来てまだ日は浅いが、売り上げの成績もそれほど悪くはなかった。

十時を、過ぎた頃だった。ミキは、店に入って来るその客の姿に気づいた。長身の紳士だった。六十歳ぐらいに見えた。外見はスマートで、外交官といった感じである。頭は銀髪だが、血色がいい。老人臭さは、微塵もない。

朝日奈から聞いていた、そうした印象に、ピッタリな男だった。矢ノ倉に違いないと、ミキは直感した。一人ではなかった。五十年配の男を二人連れている。

ボーイたちの態度を見て、いい客であることは一目で知れた。ミキは、あたりを見回した。矢ノ倉が誰の客か、わかってはいなかった。どのホステスが矢ノ倉の席へ直行するか、ミキは確かめなければならなかったのである。

その席へ直行したホステスの、客ということになるのだった。

矢ノ倉を客とするホステスが他にいるのに、ミキが自分からその席に着くことは許されない。ただしそのホステスと親しい間柄であれば好意的に認めてもらえることもある。

ミキは、白いイブニングを着たホステスが立ち上がるのを見た。ユカというホステスである。もう三十近いが、気のいい女だった。『ソボンヌ』では、売上げNO1のホステスである。

ユカは、矢ノ倉たちの席へ向かった。ミキは、その後を追った。

「ユカさん、待って……」

ミキは、小声でユカを呼び止めた。

「えっ……！」

ユカは、ミキを見て微笑を浮かべた。

「ユカさん、お願いがあるの」

「どんなこと？」

「あのお客さん、矢ノ倉さんて言うんじゃないのかしら」

「あら、ミキさん知っているの？」

「あちらさんは、わたしのことを知らないのよ。口をきいたこともないし……」

「それで、どうしろっていうの？」

「ある理由があって、あの矢ノ倉さんていう人に接近したいのよ」

「接近？」

「つまり、親しい間柄になりたいの。矢ノ倉さんがどういう人か、詳しく知りたい訳なのよ」

「まるで、探偵ね」

「わたしの彼に、頼まれたの」

「スパイ映画みたいで、一寸《ちょっと》面白そうじゃないの」

「だから、お願い。一緒に矢ノ倉さんの席に着かせて……」

「いいわよ」

「ユカさんのお客さんをとろうなんて、これっぽっちも思っていないわ。その点だけは、誤解しないでね」

「わかってるわよ」

「わたしを、ただの新入りのホステスみたいに売り込んでね」

「いいわ。いらっしゃい」

ユカは、あっさりと引き受けた。半ば野次馬根性が、働いているのである。ミキはユカに連れられて、矢ノ倉たちの席へ着いた。

ユカが、矢ノ倉の隣にすわり、ミキは連れの二人の男の間に割り込んだ。ミキの正面に矢ノ倉がすわっていた。

「こちら、ミキさん、ニュー・フェースよ」

ユカが、男たちにミキを紹介した。

「こちらが、矢ノ倉さん。万福観光の、社長さんよ」

ユカはミキを見て、誰にも見えないように片目を瞑《つむ》った。

「ミキです。よろしく、どうぞ……」

ミキは、矢ノ倉に会釈を送った。

「うちの社の、専務と常務だ」

矢ノ倉は、二人の五十年配の男を見やりながら言った。

「魅力的でしょ」

ユカが矢ノ倉に、ミキのことをそう囁《ささや》いた。

「こんなことを言って失礼かもしれないが、ハーフじゃないのかな」

矢ノ倉は、穏やかに笑った。

父親のような感じだった。

「そうなんです」

ミキも、口元を綻《ほころ》ばせた。

「でも、ミキさん。矢ノ倉社長にモーションをかけても、無駄なことよ」

ユカは運ばれて来たウイスキーの瓶を手にして、テーブルの上に三つのコップを並べた。

「あら、どうしてかしら」

ミキは三つのコップに、氷片を入れた。

「社長さんは、若い女性に興味がないらしいの」

ユカはウイスキーを注いだあと、ミネラル・ウォーターでそれを薄めた。

「考えられないわ」

「その証拠に、社長さんはこのお店へ来てまだ一度も、女の子たちに興味を持ったことがないのよ」

「本当ですか？」

ミキは、矢ノ倉を見た。

「いや、そんなことはないさ。むしろ、若いお嬢さん方のほうが、わたしを相手にしてくれないんだ」

矢ノ倉は、苦笑を浮かべた。

「嘘だわ、そんなの……」

ユカが、妙に真剣な面持ちで言った。

「本当のことを言うと、社長さんには意中の人がいらっしゃるのよ」

「くだらんことを言うのは、やめなさい」

矢ノ倉は指先で、ユカの額を軽く突《つつ》いた。ひどく照れ臭そうであった。

「だって、事実なんですもの。社長さんが珍しく酔った時、わたしはその話を聞かされたんですもの。ねえ……」

ユカは同調を求めるように、専務と常務に声をかけた。

「あの時の社長は、悪酔いしていたんでしょう」

専務らしい男が、どちらの敵にもならない答え方をした。常務のほうは、顔を伏せてニヤニヤしていた。

「何も、隠すことなんてないでしょう。悪いことをしている訳ではないんですもの」

ユカが肩で矢ノ倉の胸を押しこくるようにした。

「しかし、体裁が悪いじゃないか。六十にもなった男が、恋をしているなんて……」

「まあ、凄い。恋だなんて……」

「そんなことを、驚くほうが変だと思うね。恋だから、恋だと言っているんだ」

「ついに、本音を吐いたわね。それで、恋が実を結ぶ可能性はあるんですか」

「問題は、その点なんだよ」

「片思い？」

「まあ、そうなんだ」

「随分、贅沢《ぜいたく》な女性もいるのね。社長さんにプロポーズされて、それをことわるなんて……」

「世の中は、ままならぬものさ」

「だって、社長さんは独身なんだし、お金持ちなんですもの。ことわる理由がないんじゃないかしら」

「しかし、わたしには若さがない」

「そんなことないわ。若い人よりずっと頼もしいしね」

「意中の女《ひと》に、そう言って貰えれば嬉しいんだけどね」

「まあ、厚かましい。その意中の女って、未亡人なんですってね」

「どうして、そんなことを知っているんだ」

「この前お酔いになった時、社長さんが自分からおっしゃったことじゃないですか」

「そうだったかな」

「素敵なんですってね」

「神秘的なんだ」

「おいくつなんですか?」

「二十七なんだ」

「わたしよりも、お若いのね」

「やっぱり、釣り合いがとれないと言いたいんだろう」

「そんなことありません」

「六十と、二十七なんだよ。三十三も違うんだ。どう計算しても親子ほどのひらきはあるじゃないか」

「それでもう、はっきりとプロポーズなさったんですか」

「それらしいことは、言ってみたんだがね」

「答えは？」

「ノーだった」

「再考の余地なしですか」

「わたしは、そう判断せざるを得なかったがね」

「でも、女ってわかりませんよ。気持ちはイエスでも、口ではノーって答えてしまうことがありますからね」

「それはともかく、ノーと言われると男はかえって情熱的になるものだ」

「うわー、素敵！」

「いや、冗談じゃないんだ。わたしはこの齢《とし》になって、初めてそういうことを知ったんだよ」

「じゃ、生まれて初めての恋なんですか」

「そう言えるね」

「それで、この先どうする積もりなんですか」

「うん。当分は、諦められないだろうと思っている。しかし、結局は駄目なんだろうね」

「もっと、自信をお持ちになったら？」

「よく考えてみると、先方の気持ちを大分無視しているところがあるんだ。あるいは彼女が、その気にならないのは当然かもしれない」

「それは、どういう意味なんですか」

「もしきみが、会社の社長夫人だったとする。その社長が死亡して、きみは未亡人になる。一方、専務だった男が社長に昇格する。その男にプロポーズされたとしたら、きみはどうするね」

「難しいご質問ね」

「恐らくきみは、世間体《せけんてい》を考えるに違いない。かつて社長であった夫を失い、すぐまた次期社長の妻となる。あの女は、社長の妻でなければ承知できないのではないかと、世間の眼は見たがるだろう。きみは、それに耐えられるかね」

「さあ……」

ユカも、深刻な顔つきになった。まるで自分の事のように、考え込んでしまっている。

専務と常務が、言い合わせたように繰り返し頷いていた。

矢ノ倉の言い分は、もっともだという意味らしい。矢ノ倉の話をきいていて、彼の意中の女が誰であるかミキにもすぐわかった。

姫島大作の未亡人、ルリ子なのである。矢ノ倉は、ルリ子を愛しているらしい。生まれて初めての恋だとも、彼は言っていた。ミキの眼から見て、矢ノ倉はとくに悪い男という印象ではなかった。

朝日奈は、矢ノ倉とルリ子が同じ穴の狢《むじな》ではないかと疑っている。しかしその解釈は、妥当ではないような気がした。矢ノ倉の気持は、一方通行なのである。

二人が共謀して、何かを企《たくら》むということは、まずあり得なかった。

『ソボンヌ』の営業時間は、午後十一時半までであった。だが、そのあとの三十分間は、客の意志にまかせる。それで実質的には、十二時閉店ということになる。矢ノ倉たちは、その十二時ぎりぎりまでいた。

ユカのほうから、食事に連れていってほしいと頼んだ。矢ノ倉は承知した。ユカは当然のように、ミキを誘った。二人が着替えをすませて、矢ノ倉たちと一緒に『ソボンヌ』を出た。

ビルの前で、ハイヤーが待っていた。ハイヤーは、赤坂へ向かった。

「何か、役に立った？」

ハイヤーの中で、ユカがそうミキに囁いた。

「どうも、ありがとう」

ミキも、ユカの耳に口を寄せて言った。

その後赤坂のレストランで食事をすませ、ミキは一人でタクシーに乗り、森口マンションへ帰って来たのである。ミキは何気なく矢ノ倉の腕に縋《すが》ったりしたが、彼は何の反応も示さなかった。

やはり若い女に興味を持たないというユカの言葉は、事実のようであった。若い娘に限らず、ルリ子以外の女には関心がないのかもしれない。

「今夜の報告は、これで全部よ」

ミキは、ベッドの上に俯《うつぶ》せになっている朝日奈の肩に、腕を回した。彼女もまた、朝日奈と並んで、ベッドの上に腹這いになっていた。二人とも、生まれたままの姿であった。

「何の収穫にも、ならなかったかしら」

ミキは朝日奈の背中に唇を押しつけて、それを少しずつ移動させていった。朝日奈は、静かに首を振った。

収穫と、言えないことはなかった。だが、それをそのまま信じていいのかどうか、わからないのである。矢ノ倉は、ルリ子を愛している。ルリ子は、それを拒んでいる。そう判断していいものだろうか。だとすれば、朝日奈を殺そうとしている彼の敵は、ルリ子ただ一人ということになるのであった。

感情の上で、やはり彼はそう思いたくなかったのだ。

3

眠りに落ちたのが、午前七時過ぎであった。目を覚ました時、ベッドの中にミキの姿はなかった。まだカーテンが引いてあって、部屋の中は暗かった。ミキが、起きだした気配もない。

黙って出かけるということも、考えられなかった。朝日奈は起き上がると、フロア・スタンドのスイッチを引っ張った。とたんに、呻《うめ》くような声が聞えた。朝日奈は、ベッドの下を覗いた。床の上に、ミキの裸身があった。

彼女は丸めた毛布を、抱きかかえるようにして眠っていた。いつの間にか、ベッドの下へ落ちたらしい。ミキはそのまま再び夢の世界へ引き戻されたのだろう。明け方まで起きていたし、その後の消耗も激しかった。

ミキは、貪欲に求め続けた。彼女は嫉妬した後、より燃えさかる傾向にあるようだった。朝日奈は、果てずに彼女から離れた。ミキは、そのことにも気づかないようである。

充足しきって、彼女は泥のように眠りに落ち込んだのに違いない。ベッドから落ちても気づかないほど、ミキは熟睡していたのであった。朝日奈は、時計を見た。三時だった。

昨夜のような、どろどろとした怒りはなかった。冷静になった証拠である。これでルリ子のところへ乗り込む条件は揃《そろ》ったと、朝日奈は思った。

姫島邸へは、ミキを連れて行くことになっていた。今朝のうちに、その打ち合わせもすませてあった。朝日奈は手を伸ばして、ミキの胸の隆起に触れた。ミキは、動かなかった。彼はなかば埋まっているピンク色の蕾《つぼみ》を、指先で押し潰すようにした。

さすがにミキはのけぞって、痛そうに顔を顰《しか》めた。それから、眼をひらいた。朝日奈を見て、彼女は羞《はじら》うように笑った。眼に甘えがあった。体に陶酔の余韻《よいん》が残っている時に、女が示す表情だった。

朝日奈はミキの眼の前に、腕時計を突き出すようにした。ミキは周章《あわ》てて立ち上がった、二人は、手早く衣服を身に着けた。何かを食べている暇もなかった。三時半に、二人は森ロマンションを出た。

マンションの前から、タクシーに乗った。急いでいるせいか、車の渋滞がいつもよりひどく感じられた。タクシーは、もっとも空いていると思われる道や、近道を選んで走った。

それでも、たっぷり一時間はかかった。

姫島邸の門をくぐると、ミキが急にきょろきょろしはじめた。予想外の大邸宅に、いささか驚いたようである。

今日は、銀色の鎖を引っ張って、案内を乞う必要はなさそうだった。右手の庭へ通ずる道が、アーチ型の木戸によって遮《さえぎ》られている。その扉が左右に開いて、藤島が出て来たのであった。

藤島は、真紅の薔薇を二輪ほど手にしていた。庭に咲いていた薔薇を、切り取って来たのかもしれない。藤島は朝日奈に気づくと、丁寧に頭を下げた。挨拶はしても、顔付きはあいかわらず無愛想だった。

彼は、ミキに眼を走らせた。それから、非難するような眼差しで、朝日奈を見やった。

彼は恐らく昨夜、朝日奈とルリ子が他人でなくなったことを、察していたに違いない。その朝日奈が女連れで訪れて来たことを、藤島は快く思わなかったのだろう。

「いらっしゃいませ」

藤島は、近づいて来ながらそう言った。

「残念ながら、奥様はお留守でございます」

藤島の表情は、まったく動かなかった。

朝日奈も表情のない顔で、藤島を見返した。短い間、沈黙が続いた。朝日奈は、ミキを振り返った。彼女は、眼で頷いた。

「何処へ、いらしたんですか」

ミキが、一歩前へ出た。

「わたしは、行先を存じ上げていないのです」

藤島は侮蔑するように、ミキを眼の隅で捉えた。

「わたしは、朝日奈さんから詳しく聞いて知っています。あなたに行先も告げずに、ルリ子さんが出かけるということは、ないんじゃないですか」

ミキは、怒ったような顔で言った。

「確かに、そのとおりでございます。これまでの奥様には、そういうことは一度もございませんでした」

「じゃあ、今日の場合だけが、例外だというんですか」

「はい」

「変な話ね」

ミキがいきなり、乱暴な口の聞き方をした。

「何故です」

藤島も固い表情になった。

「はっきり、言うわね。彼は夕べここに来たでしょ」

「はい」

「そして彼は、午前一時にここを出たわね」

「その点については、はっきりお答えはできません」

「何故かしら」

「夕べは奥様から、先に眠ってもよろしいとお許しを、頂いておりました。それで、わたしどもは十二時過ぎに休ませて頂いたのです」

「そう。つまり、それ以降のことは、何も知っていないという訳ね」

「はい」

「まあ、いいわ。ハイヤーは、ルリ子さんが呼んだそうよ。彼は一人で玄関の外へ出た。雨の中を門まで走ったそうだわ。門の外に、ハイヤーが停めてあった。彼はそれに乗った。

ハイヤーは走り出して、百メートルと行かないうちに停車を命じられた。そこで、彼は襲われたのよ」

「そこまでのお話ならわたしも存じております」

「どうしてなの？」

「そのハイヤーの運転手が、警察へ通報したからです。二時過ぎに何人か、所轄の刑事が見えられました。警察では、拉致《らち》された人間の名前を知りたかったようです」

「朝日奈さんの名前をはっきり言った訳ね」

「それが……」

「どうしたの」

「奥様は、架空の名前をおっしゃっておられました」

「架空の……？」

「中村とかいう名前で、わたしの古い知り合いとかおっしゃっていたようです。奥様がおっしゃったことですから、わたしもそのように調子を合わせておきました」

「何故、そんなことをしたのかしら」

「さあ、わたしにもさっぱりわかりません」

「何もかも、変だわね」

ミキは、これでいいのかというように、朝日奈を見上げた。朝日奈は藤島に、鋭い視線を突き刺した。藤島に行先も告げずに、ルリ子は出かけたという。昨夜事情を訊《き》きにきた刑事に対しても、ルリ子は朝日奈の名前を明かさなかったというのである。

何故、中村などという偽名を用いたり、藤島の古い知り合いといった架空の人物を作り上げたりしたのだろうか。答えは、一つしかない。やがて村松ビルの地下で、朝日奈の死体が見つかる。その朝日奈が姫島邸を出て来て、拉致された人間だと知られたくないためである。

拉致されたのは、中村という架空の人物なのだ。数カ月経って村松ビルの地下から、朝日奈の拉致死体が発見されたとしても、それと中村が結びつけられることはないはずだった。朝日奈は突然、藤島の衿首《えりくび》を摑《つか》んだ。

背広は着ていなかったが、ワイシャツにネクタイをつけている。それを一緒に締めつけられれば、苦しいのは当然だった。藤島は驚くと同時に、苦悶する顔になった。彼の手から薔薇の花が落ちた。

「何をなさるんですか……！」

藤島が、悲鳴を上げた。

「彼は、ルリ子さんが何処へ行ったか教えろと、言っているんだわ」

ミキが、横からそう代弁した。

「わたしは、知りません」

藤島は固く眼を閉じた。

朝日奈は一層、強く首を締めつけた。藤島の顔が、赤くなった。朝日奈は締め上げながら、激しく揺すぶった。藤島の首が、ガクガクと揺れた。

「彼は、あなたの言うことを信じていないわ。早く、白状してしまったほうが、いいんじゃないかしら」

ミキが言った。

「本当に、知らないんです。何処へいらっしゃるのか何度もお聞きしたんですが、奥様はただニコニコされているだけでお答えにはなりませんでした」

「締め殺されても、いいと言うの？」

「そんな無茶な……」

「彼は人の出入りしない古いビルの地下室に押し込められて、もう少しで殺されるところだったのよ。彼は、本気で怒っているわ。脅しじゃないのよ」

「知っていれば、こんなことをされる前にお教えしています」

「殺されても、知らないことは言えないというのね」

「仕方がありません」

藤島は、朝日奈を仰ぎ見た。恐怖の表情であった。朝日奈は、手を放した。恐怖を感じながらも、答えようともしない。それは、彼が本当にルリ子の行った先を知らないからであった。

突き放された藤島は地面に両膝をついた。まだ苦しそうに、肩で喘いでいた。

その時、背後で自動車のクラクションが鳴った。振り返ると、門の外へ、クリーム色のオペルが滑り込んで来たところだった。運転しているのは、ルリ子であった。オペルは三人の傍を通り過ぎて急停車した。藤島が、運転席の窓へ駆け寄った。

何か、ルリ子に伝えている。多分、ミキから疑問として質問されたことについて、話しているのだろう。藤島が、オペルから離れた。運転席の窓から、ルリ子が顔を覗かせた。冷たい顔であった。

「わたくしから、お答えするわ」

ルリ子はミキを無視して、朝日奈に視線を向けていた。

「警察の人に、あなたのことを言わなかったのは、後々面倒なことになるかもしれないと思ったからです。あなたも警察へ呼ばれていろいろ調べられたくはないでしょう」

物怖《ものお》じしない、ルリ子の眼であった。

嘘をついているのではないと、朝日奈は思った。その女を、抱いたことのある男の直感であった。

「それから、行先も言わずに出かけたのは、それなりの理由があったからです。誰にだって、他人《ひと》には知られたくない買物があるはずですわ」

それだけ言うと、ルリ子はオペルをスタートさせた。再び、振り向こうともしなかった。

朝日奈は、遠ざかるオペルを見送った。

4

冷房が効きすぎて、寒いくらいであった。『ルア』という喫茶店へ入って来ると、ワイシャツ姿だった男たちが言い合わせたように上着の袖に腕を通した。

午後六時過ぎであったが、店内は殆ど満員であった。『ルア』は『ソボンヌ』のあるビルの、地下一階にあった。場所からいって、昼夜の別なく混むのは当然かもしれなかった。

特にホステスらしい女が、目立って多かった。出勤前にここへ寄って、コーヒーを飲んだりピザ・パイを食べたりしているのである。朝日奈、ミキ、それに美鈴の三人は、一番奥の壁際の席にいた。

この一週間に矢ノ倉が、『ソボンヌ』へ三度も来たという。美鈴がその観察結果について、話を訊きたいと言ってきたのだ。

それで、三人はこの喫茶店で落ち合うことにしたのである。朝日奈にとっては、どうでもいいことだった。ミキの観察がどの程度役に立つか、疑問だったからである。彼はコーヒーを啜《すす》りながら、二人の女のやりとりを聞くとはなしに聞いていた。

「つまり社長は、ルリ子さんに夢中だという訳ですね」

美鈴はレモン・スカッシュに手もつけず、やたらとハンカチを口元に押し当てていた。彼女は、ミキの話に興味をそそられたようだった。

矢ノ倉の意外な一面に、野次馬根性を刺激されたのかもしれない。

「とにかく、女のこととなると、あの未亡人についてしか話さないわね」

ミキは、得意気な顔つきだった。

観察者は自分だという気持ちが、あるからに違いなかった。

「でも、無理でしょうね」

美鈴が、おっとりした微笑を浮かべた。

「ルリ子との恋が？」

ミキはストローをくわえ、首をたててオレンジ・ジュースを飲んだ。

「ええ」

「どうかな」

「ルリ子さんのほうで、社長を相手にしないでしょう」

「そういう意味では、矢ノ倉は九分通り諦めているみたいだわ」

「社長も気の毒に……」

「その点が、わたしにはよくわからないのよ。九分通り諦めていながら、どうしてあんなにルリ子のことばかり話すのかしら」

「九分通り諦めていると口では言っても、あるいはという期待があるからでしょうね」

「その片思いの件を除いては、別にどうということのない男《ひと》だわ」

「それは、そうでしょう。姫島前社長に比べれば、矢ノ倉社長は平凡な人ですものね」

「でも、仕事の鬼なんでしょ」

「それは、何と言っても実力者だった人ですから……」

「もう一つ、ささいなことだけど気になる点があったわ」

「どんなことですか」

「矢ノ倉から直接聞いたんだけど、あの人には子供もいないそうね」

「ええ。子どもさんが生まれないうちに、奥さんが亡くなってしまったからです」

「それで、完全な独身生活を送っているらしいのよ。通いの家政婦がいるらしいけれどね」

「わたしも、そのように聞いていますわ」

「だけど、それにしてはなんだか清潔すぎるような気がするんだな」

「清潔すぎる？」

「だって、いつもハンカチを二枚持っているんですもの。それも、真白でアイロンがかけてあるのよ」

「そのくらいのことは、家政婦さんだってやってくれるでしょう」

「ハンカチを洗ったり、アイロンをかけたりするのは、当然家政婦がやるでしょう。でも、二枚のハンカチを持たせるなんていうことまで、家政婦がやってくれるかしら」

「それは、社長の性格的なものかもしれませんね」

「おとといの夜に来た時なんか、佳《よ》い匂いをプンプンさせているの。未亡人に香水をつけて貰ったんだろうって、ホステスたちに冷かされていたわ」

「社長って、意外におしゃれなんだわ」

独り言のように呟いて、美鈴はクックックッと笑った。

「わたしの印象だけど、矢ノ倉はシロみたいな気がするわ」

ミキは、ちらっと朝日奈のほうへ眼をやった。

「朝日奈さんが疑うように、社長とルリ子さんは特別な関係にはないという訳ですね」

美鈴が言った。

「そうよ。矢ノ倉の一方的な片思いであって、ルリ子は全然相手にしていない。それが、真実だと思うわ」

バッグから小さな鏡を取り出して、ミキはそれを覗き込んだ。

「わたしも、そう思います。ルリ子さんには、他に好きな人がいるような気がするんです」

美鈴は、顔を伏せたままで言った。

彼女は、朝日奈とルリ子の関係について、ある程度の察しをつけているのかもしれない。

しかし、朝日奈はあえて、知らん顔をしていた。

「さあ、そろそろ時間だわ。今日はお給料日だから、早めに出勤しないといけないの」

ミキが、立ち上がった。

「またなにかあったら、知らせてくださいね」

美鈴が、腰を浮かせた。それには答えずに、ミキは朝日奈の顔を見守った。

「真っ直ぐ帰って、待っててね」

ミキは、哀願するような眼になった。

このあと、朝日奈が美鈴と行動を共にすることを、ミキは気にしているのであった。

朝日奈は、軽く頷いた。

ミキは背を向けると、入口のほうへ足早に去って行った。

『ルア』を出た後、美鈴は何となく未練がましい態度を取った。朝日奈とは、すぐ別れたくないという風情だった。しかし、美鈴と共に時間を過すという気は朝日奈になかった。むしろ、一人だけになりたかったのだ。

考えたいことがあった。今ミキと美鈴の会話を聞いているうちに、漠然とした思考が一カ所に凝縮したのである。それは、絶対的な結論とはいえなかった。だが、じっくりと考えてみるだけの、価値はありそうだった。

二人は、タクシーに乗った。朝日奈が何の意志も示さないので、美鈴は仕方なく三田という行先を運転手に告げた。朝日奈は、森口マンションの前でタクシーを降りた。

走り出したタクシーの中で、美鈴が手を振っていた。それをぼんやり見送ってから、朝日奈はマンションの中へ入った。彼は、部屋のベッドの上に寝転がった。頭の下に両手を差し入れた。まず最初に頭に浮かんだのは、ルリ子と矢ノ倉は特別な関係にないということだった。

朝日奈がそう判断したのは、矢ノ倉がしきりとルリ子への愛を強調していることからである。朝日奈が姫島邸を訪れた時も、矢ノ倉はルリ子に対して愛を告白していた。それだけではない。

銀座のクラブへ行って、何の事情も知らないホステスたちにまで、ルリ子への愛を吹聴しているのだった。矢ノ倉の年齢から考えても、それは軽率にすぎることである。彼は何故、自分の片思いを誰にでも告白するのだろうか。

そこに、ある種の作為が感じられる。この場合、二つの目的が想定される。

一つは、すでにルリ子と特別な関係にあって、それをカモフラージュする以前に、片思いだと逆な言い方をしていることである。もう一つは、他に女がいることを隠すために、しきりとルリ子への愛を強調するという見方だった。

朝日奈は、その後者を選んだのであった。理由は、まずルリ子が朝日奈にすべてを許したということだった。もし矢ノ倉と深い仲にあれば、ルリ子はそこまでしないはずだった。そこまでする必要もないのである。

ルリ子は、二人の男と肉体関係を持つような女ではない。それは彼女が潔癖だからというのではなく、愛がなければ積極的にそうした関係は持てない女だからであった。姫島に対して、徹底して冷たかったのがその証拠である。

もちろん、一度に二人の男を愛せるはずはない。従って矢ノ倉と深い仲にあれば、進んで朝日奈に抱かれたりはしなかっただろう。逆にルリ子が愛しているのは、朝日奈自身と考えるべきであった。それにミキの話の中に、矢ノ倉が常に清潔なハンカチを二枚持ち、香水をつけてきたりすることがあるという観察があった。

それも矢ノ倉に、特別な関係にある女がいることを物語っているのだった。そうしたことから朝日奈は、愛人がいることを隠すために矢ノ倉はルリ子への愛を強調していると、判断したのである。

峰岸父子が自殺した後の一連の事件の黒幕は、矢ノ倉ではないか。朝日奈はその思いつきを、否定することができなかった。何故矢ノ倉は、朝日奈を消そうとするのか。事件はすでに終わっている。

峰岸父子が真相を明らかにして、この世を去ったのである。犯人が逮捕され、死刑になったのも同じであった。それなのに矢ノ倉は、どうして新たに事を惹き起こそうとするのか。問題は、そこにあった。

矢ノ倉はなんらかの形で、朝日奈に弱味を握られている。朝日奈は、それに気づいていない。だが矢ノ倉は、少なくともそう思い込んでいるのだ。一体彼の、どんな弱味を握っているのか。朝日奈は、自分を振り返らずにはいられなかった。

彼は、長い間思索した。ふと、朝日奈は起き上がった。ある過去の記憶が脳裡に甦《よみがえ》ったのだった。その事実を思い出せなかったことが、不思議のように感じられた。重大な事実であった。

朝日奈が思い出せば、それは確かに矢ノ倉にとって決定的な弱味になる。

朝日奈は、美鈴から姫島大作殺しの真相を訊き出した時のことを、じっくりと思い浮かべてみた。あの時も、ミキが朝日奈の代弁をつとめた。

ミキと美鈴は、次のようなやりとりを交わしたのである。

「姫島の死体はトランクに詰めたんですね」

「そうです。そのことをわたしが、峰岸敏彦から聞かされたのは、ヒメ号が飛び立った後でした」

「ヒメ号の燃料洩れの細工は、誰がやったことなんです」

「敏彦さんだと、聞いています」

「その頃はまだ専務だった矢ノ倉さんに対しては、どうしたんですか」

「敏彦さんが、社長は阿蘇山麓に行かれると言うので、荷物だけを空港まで運んでほしいと、矢ノ倉さんに伝えたんです。秘書課長が言うことですから、誰だって信ずるでしょうね」

「でも、間もなく社長の姿が見えないということで、大騒ぎになったはずです」

「それを胡魔化すのが、峰岸嘉平の役目でした」

「どうして胡魔化したんですか」

「帰京しないというように見せかけて、本社の連中に活を入れてやろう。それが社長の狙いだった。わたしが社長にお伴して、今朝早く空港に向かった。社長はヒメ号の後部座席シートの下に、隠れていられたんです。嘉平さんが、そう説明しました」

「それを、みんなが信じたんですね」

「姫島大作はもともと、そういうことをよくやる男でしたから……。矢ノ倉さんも、またかって憤慨してました」

つまり、矢ノ倉は峰岸父子の作り話を、まったく疑わなかったという訳である。またかと憤慨したくらいだから、頭から信じ込んだといっていい。だが、そこに矛盾がある。

姫島大作の死体を詰めたトランクを、空港に運んで来たのは矢ノ倉であった。実際にトランクを持ち運んだのは、別府の万福観光ホテルのボーイたちであった。

しかし、責任は矢ノ倉にある。矢ノ倉がそのトランクの中身を、見たという可能性は充分にあった。現に、彼はそのことを認めていた。

「トランクの中に、危険物は入ってないでしょうね」

空港で念のために、朝日奈は矢ノ倉にそう訊いてみた。

「わたしが一応、点検しておいたから大丈夫だ」

その時、矢ノ倉ははっきりと、そのように答えたのである。まさか面倒臭くて、口から出まかせにそんなことを言ったのではないだろう。

もし面倒であったなら、その場で中身を調べてみろと、朝日奈に命じたのに違いない。トランクの中に壊れ物はないか、危険物はないかと点検するほうが、矢ノ倉としては当然のことなのである。

点検したというのは、事実だったのだ。つまり矢ノ倉はあの時点で、トランクの中に何が入っているか承知していたのであった。姫島大作の死体が詰めてあると知っていて、矢ノ倉はあえて目を瞑ったのである。

となると、ヒメ号が途中で墜落するということも、矢ノ倉は察していたと考えるべきであった。

そうなっては、彼も峰岸父子の共犯者ではないか。峰岸父子のほうはそう思っていなかったのだろうが、矢ノ倉は一方的に姫島大作殺しに協力したといってよかった。

姫島大作が死ねば、矢ノ倉が次期社長に昇格するとわかっていた。その姫島大作が好都合にも、峰岸父子によって殺された。社長が殺されたと世間に公表されれば、会社の今後の信用に影響する。このまま事故死として、姫島大作を葬ってしまったほうが無難ではないか。

そう考えて、トランクの中身が姫島の死体であることを、知っていながら目を瞑った。そういう矢ノ倉の気持は、わからないでもなかった。しかし、矢ノ倉は一つだけ、重大なミスを犯した。

それは朝日奈に、トランクの中を点検したと、伝えたことである。

その時は朝日奈も、ヒメ号の遭難で死ぬものと決めてかかっていたからだろう。間もなく死ぬ人間に、何を言っても危険はないと思っていたのだ。ところが、朝日奈は奇跡的に助かった。その上、東京へ帰って来た。

矢ノ倉にとって、計算外の出来事であった。おそらく彼は、仰天したに違いない。その点は、峰岸父子も同様のはずである。まず彼らが何らかの手を打つだろうと、矢ノ倉は峰岸父子をあてにしていたのだ。だが結局は、真相を告白して峰岸父子は自殺するという事態に到っただけだった。

朝日奈は依然として生きている。その朝日奈がいつ、トランクの中を点検したという矢ノ倉の言葉を、思い出すかわからない。そうなった時、矢ノ倉は当然罪に問われなければならない。それを防ぐには、朝日奈の口を塞ぐほかはなかった。

そのために峰岸父子の死後、矢ノ倉は朝日奈の命を狙い始めたのだ。一度は富士山麓の樹海の奥に連れ込み、二度目は取り壊されるビルの地下室へ連れ込んだ。しかし、そのいずれも失敗に終わった。

矢ノ倉は今後もまた朝日奈を殺そうと図るはずだった。

朝日奈は、我に還《かえ》った。電話が鳴り出したからである。彼は、送受器を手にした。

「ああ、順……！」

女の声が、叫ぶように言った。

ミキであった。

「今、わたしは妙なところにいるのよ」

ミキは興奮しているようだった。朝日奈は、時計に眼を落とした。いつの間にか、午前一時を過ぎていた。ミキが『ソボンヌ』にいるのではないということだけは、間違いなかった。

「それに、大変なことを発見したの。今夜も矢ノ倉がお店へ来たので、一緒に店を出た後思い切って尾行してみたのよ。そうしたら、矢ノ倉はとんでもないところへ来たわ。わたしは今、そこの一階にある公衆電話からかけているの」

そこで、ミキは絶句した。

首を締められたような、呻き声が聞えた。続いて、電話がガチャンと切れた。

朝日奈は、立ち上がりながら送受器を投げ捨てた。

5

朝日奈は、森口マンションを出た。その場で、タクシーを拾った。彼はメモ用紙に『成城』と書いて運転手に渡した。深夜の道を、タクシーは疾走した。急いでももう間に合わないことはわかっていた。

ミキはすでに、生きていないに違いない。重大な秘密を嗅《か》ぎつけた彼女を生かしておくはずはないし、電話が切れた時の様子で絶望的な状態だとわかった。

そこで、ルリ子の所へ寄る気にもなったのである。朝日奈は、万一の場合を考えていた。これから、面倒なことに首を突っ込むのだ。口をきけないことが、大変不利になる。それに自分の立場を守るためにも、同行者が必要だった。何かの場合、証人になって貰うのである。

朝日奈にとっては、ルリ子しかなかった。朝日奈は、姫島邸の前でタクシーを降りた。通用口にも、鍵がかかっている。彼は、鉄柵の門を乗り越えた。すでに水銀灯も消えていて、玄関までの道は暗かった。

玄関に、灯りがついているだけであった。その灯りの下で、彼はメモ用紙に字を書いた。それから、銀色の鎖を引っ張った。一度だけでは、何の反応もなかった。四、五回繰り返しているうちに、ようやく玄関内が明るくなった。

鍵をあけて、顔を覗かせたのは藤島だった。彼はパジャマの上に、夏物のガウンを引っ掛けていた。朝日奈は、藤島の手にメモ用紙を押しつけた。

『これからすぐ、一緒に出かけてほしい』とあるのを読んで、藤島はすぐ奥へ引っ込んで行った。

朝日奈は、十分程待たされた。ルリ子が藤島を伴って、玄関へ姿を現した。寝ていたらしく、化粧気はまったくなかった。髪の毛を、無造作に束ねていた。白いブラウスに黒いスカートをはき、上着を手にしていた。彼女は無言で、玄関の外へ出て来た。

藤島が、門のほうへ小走りに走り去った。ルリ子は、ガレージへ向かって歩いた。彼女がスイッチを入れると、ガレージのシャッターがあいた。黒塗りの乗用車と並んで、オペルがひっそりと納まっていた。

ルリ子が運転席へ、朝日奈は助手席へとそれぞれ乗り込んだ。オペルはガレージを出て、門のほうへゆっくりと走った。藤島が門の鉄柵を左右に開いて、待ちうけていた。

「いってらっしゃいませ」

眼の前を通り過ぎるオペルに、藤島は深々と頭を下げた。

「何処へ行ったら、いいのかしら」

門を出たところで、ルリ子が言った。

彼女は、ニコリともしなかった。不機嫌そうな横顔である。『荻窪』と書いて、朝日奈はメモ用紙をルリ子の眼の前に差し出した。

「荻窪……？」

ルリ子は、考え込むような眼で言った。

オペルは祖師谷を抜けて、北へ向かった。十五分程で京王線の踏切を渡り、旧甲州街道と烏山バイパスを横切った。寺院が密集している道を経て、久我山へ出た。そこは、すでに杉並区であった。

「わたくしのことを、信用してくださっているの？」

不意に、ルリ子が言った。

朝日奈は大きく頷いてみせた。

「そう。本当なのね」

心持ちルリ子の横顔が、綻んだようだった。彼女はその点に、こだわっていたらしい。

それで、不機嫌な顔をしていたに違いない。

「荻窪のどの辺なの？」

今度は朝日奈のほうに顔を向けて、ルリ子はそう訊いた。

朝日奈は再びメモ用紙にペンを走らせた。『荻窪一丁目のあたりだ』と書いたメモ用紙を、ルリ子は受け取って眼に近づけた。

「そこに、誰か住んでいるのね」

そう言ったルリ子の膝の上に、朝日奈はメモ用紙を置いた。『大川美鈴』と、朝日奈は乱れた字体で書いた。

「美鈴さん……！」

ルリ子は、眉を顰めた。

『大川美鈴は、矢ノ倉の女だ』

朝日奈は、そう書いた。

「まさか……！」

『間違いない』

「あり得ないことだわ。とても信じられない……！」

『彼らは、人を殺した』

「えっ……!」

『それも、たった今だ』

「誰を、殺したの?」

『ミキだ』

「ミキさんて、この前あなたと一緒に見えた方ね」

『そうだ』

それ以上、朝日奈はルリ子の質問に答えないことにした。メモ用紙に走り書きすることでは、とても説明しきれないのである。

朝日奈は、ミキが電話で大変なことを発見したと言った時、矢ノ倉の女が誰かわかったのに違いないと直感した。それは、ミキが今妙なところにいると言ったことからも、察しがついた。

さらに彼女が、一階にある公衆電話からかけていると言ったことで、朝日奈にはその場所の見当がついたのである。一階の公衆電話となれば、屋外でないことは当然だった。一階に公衆電話があるのだから、もちろん個人の家でもない。

デパートやビル内の商店街が、営業している時間でもなかった。とすれば、マンションとか高級アパートなどのほかには、考えられないのであった。マンションか高級アパートに住んでいる矢ノ倉の愛人と思った時、何故か朝日奈の頭に大川美鈴の名前が閃《ひらめ》いたのであった。

彼の心のどこかに澱《よど》んでいた釈然としないものが、大川美鈴の名前を引き出したのかもしれなかった。矢ノ倉には愛人がいて、彼はその正体を知られまいとしている。そうであるならば姫島邸でルリ子に求愛したのも、当然矢ノ倉の芝居と考えなければならなかった。

彼の狙いは、ルリ子への求愛を朝日奈に聞かせることだったのだ。つまり矢ノ倉は、あの夜朝日奈が姫島邸に来ることを、前もって知っていた訳である。どうして知ることができたのか。ルリ子が誰かに喋ったことが、矢ノ倉に通じたのに違いない。

ルリ子がそうしたことを喋る相手は、美鈴のほかにいないのであった。朝日奈とルリ子の再会を、取り持ったのは美鈴だった。当然、美鈴はその結果を、ルリ子に問い合わせたはずである。その時ルリ子が、一週間後に会うことになっていると喋ったのだろう。

『ソボンヌ』で矢ノ倉が、ミキに対していい印象を与えたのは事実である。それはミキが矢ノ倉に関して探り始めることを、彼は百も承知だったからなのだ。もちろん美鈴が、矢ノ倉にそのことを伝えたのである。

美鈴は用心深く、矢ノ倉との関係を隠すために、小細工を弄した。朝日奈と美鈴が、富士山麓の樹海へ連れ込まれたことが、そうであった。

あれは、美鈴が仕組んだ芝居だったのである。

自分も朝日奈と一緒に、危機に追いやられる。そう見せかけることによって、朝日奈の味方と思い込ませる効果を狙ったのだ。

だからこそ、結果的には二人とも助かったのであった。

二人を樹海に連れ込んだ男たちにしても、逃げてくれと言わんばかりの隙を見せたのだった。美鈴に誘われたドライブであったし、もっと早くそのことに気づかなければいけなかったのかもしれない。

いずれにせよ、最後の対決の時が来たのであった。

朝日奈は、ルリ子の肩を叩いた。止まれという合図だった。ルリ子はブレーキを踏んだ。そこは、大学病院へ診察に行った帰り、美鈴がタクシーを降りた場所だった。

寺と公園の間であった。

朝日奈はメモ用紙に、『美鈴のアパートを、知らないか』と書いた。

「行ったことはないし、場所も訊いていないわ。でも、名前だけは訊いているの。確かグリーン・ハウスというアパートだったと思うわ。二階のC号室だったかしら」

ルリ子は、前方に眼を凝らした。公園の向こうに、八階建ての建物が見えていた。普通であれば、マンションと称したい高級アパートであった。

朝日奈は、車を降りた。彼は、その建物に向かって歩いた。果たして、その建物の正面に『グリーン・ハウス』と、銀色の文字がとりつけてあった。門限はないらしく、正面の自動扉が彼を迎え入れた。

一階は、ホテルのロビーのようになっている。突き当たりにエレベーターが見えていた。隅に赤い公衆電話が、二台程並んでいた。ミキはそのどちらかの電話で、連絡してきたに違いなかった。今は人気《ひとけ》もなく、海底のように静まり返っている。

朝日奈は、階段を上がった。二階の廊下を少し行って、三つ目のドアにC号室という標示があった。

ドアのノブを握ってみたが、まったく動かなかった。他から侵入することを、考えなければならない。

朝日奈は、建物の外へ出た。建物に沿って、細い道が奥へ続いている。彼は二階の窓を見上げながら、その道を奥へ向かった。

三つ目の窓が、C号室だった。

カーテンが引いてあるので、電気が点《つ》いているのかどうかはわからなかった。朝日奈は、塀を作るのに使うコンクリートのブロックが積んであるのに気づいた。

彼は、それを四つずつ二段に積んで、四カ所に同じものを作った。そこに二枚の板を渡し、さらに地上から上がれるように傾斜している部分を作った。

そうしておいて、道を戻ると彼はルリ子に、来いという合図を送った。オペルはライトを消したまま、静かに走り出した。オペルは朝日奈の誘導で左折し、グリーン・ハウスに沿った道に入った。

朝日奈はオペルのタイヤの幅を確認して、コンクリート・ブロックに渡した板をずらした。

オペルは傾斜した部分を上がって、コンクリート・ブロックの上に安定する形になった。朝日奈は、オペルの屋根の上に這い上がった。背伸びをすると、手がベランダの鉄柵の根元に触れた。

彼は鉄柵を握ると、そのまま腕を縮めた。一方の手が、鉄柵の上の部分に伸びた。朝日奈の足が宙を蹴って、体が水平になったと同時に、彼はベランダの中へ落ち込んでいた。

彼の腕力からすれば、ルリ子を引っ張り上げることは少しも困難ではなかった。オペルの屋根の上から、ルリ子の体はいとも簡単に、ベランダの中へ移されていた。

ベランダに面して、ガラス戸は六枚あった。いずれも、密閉されている。部屋の中の物音や人声は当然、聞こえて来なかった。右端のガラス戸から、細い光が洩れていた。その部屋には、電気が点いているのである。カーテンに、隙間ができているのだった。

足音をたてないように忍び寄ると、朝日奈とルリ子はその隙間に顔を近づけた。

6

女がのけ反って、泣き出しそうな顔をしている。いやいやをするように、ゆっくりと首を左右に振る。口を半開きにして、激しく喘いでいる。その向こうに胸の膨らみがあって、せわしく波打っている。

男の頭が、女の腹のあたりに見えている。女の太腿《ふともも》が、揺れ動いている。両手を、宙に泳がせている。一転して、逆の方向から見た男と女のからみ合いとなる。そうしたシーンが、壁のスクリーンに映し出されていた。

電気が点いていると思ったのは、実はそうではなかったのだ。映写機から洩れる青白い光だったのである。その青白い光に照らし出されて、夜具の上では映画と同じような愛戯が演じられていた。

男も女も、映画など見ていなかった。見ているうちに刺激されて、いつの間にか自分たちも行為を始めたのに違いない。それは、とても信じられない光景だった。あの清純で初々《ういうい》しいお嬢さんと見られていた美鈴が、まるで娼婦のように大胆な姿態を見せているのであった。

彼女は、体に何も着けていなかった。髪を振り乱し、激しい律動に身を任せている。甘美な陶酔に我を忘れているらしく、泣きわめくような顔をしていた。相手の男は、言うまでもなく矢ノ倉である。

矢ノ倉は貪欲に、若い女の肉体を貪っていた。彼はただ美鈴を恍惚《こうこつ》に押し上げることだけに、没頭しているようであった。

彼女が繰り返し、忘我の境に沈むのは、その狂おし気な表情ではっきりとわかった。しかし、矢ノ倉の激しさは、いっこうに衰えようとはしなかった。

美鈴は矢ノ倉に、あれこれと注文をつけ始めた。

それは、とても、二十三歳の女のやることとは思えなかった。淫乱な女が、これまで美鈴の仮面を着けていたような気さえするのだった。

女には裏と表がある。だが美鈴ほど、極端に違う裏表を持っている女は、珍しいのに違いなかった。

朝日奈とルリ子は、ガラス戸に背を向けた。どちらからともなく、吐息を洩らした。何か砂を嚙《か》むような空虚さが二人の胸にあった。

暫く経って、再びカーテンの隙間に眼を寄せた時、そこにはもう何も見えなかった。映画が終わって、映写機のスイッチを切ったためだった。闇に動く気配はない。矢ノ倉と美鈴も、安息の時を迎えたのだろう。

間もなく、部屋の中が明るくなった。バスタオルを腰に巻いた美鈴が、壁際に立っていた、彼女が、電気を点けたのであった。不意にその姿が、眼の前に迫って来た。朝日奈とルリ子は、周章ててベランダの隅へ逃げた。

美鈴が、ガラス戸を五十センチほど開けた。

「冷房が効《き》きすぎているみたいだから、少しあけとくわね」

美鈴が、そう言った。

「うん」

部屋の中から矢ノ倉の声が聞えてきた。

朝日奈とルリ子は、元の所へ戻った。今度はカーテンに隙間がなく、部屋の中を見ることはできなかった。だが、その代わり、矢ノ倉と美鈴のやりとりがはっきりと聞えた。

「いつものことだけど、素晴らしかったわ」

美鈴が甘える声でそう言っている。

「おまえも、素晴らしいよ。しかし、おまえがその道にかけて一人前以上だなんて、誰も思っていないだろうな」

矢ノ倉が、低い声で笑った。

「随分、無責任な言い方をするのね。わたしに何もかも教え込んだのは、どこの誰だったのかしら」

「わかったよ。何もお前のことを、責めている訳じゃないじゃないか」

「わたしはなにも、純情そのものの女と見せかけているのじゃないのよ。みんなが勝手に、まるで天使のようなお嬢さんて、決め込むんですもの」

「何しろお前の忠臣だった峰岸父子でさえ、そんなこととは夢にも思っていなかったんだからな」

「そうね。だからこそ、わたしが姫島に犯されて処女を失ったと、決め込んでしまっていたわ」

「処女どころか、大変なテクニシャンだということも知らずにな」

「姫島だって、わたしが彼を挑発するために、煽情的なポーズをとったんだとは、思いもよらなかったでしょうね」

「姫島がバス・ルームから覗いていることを承知の上で、おまえはいろいろな恰好をして見せたんだろう」

「あのわたしのアイディアは、素晴らしかったでしょう。峰岸父子は、姫島を憎悪していたわ。爆発寸前だった。そこで、わたしが姫島を挑発する。姫島は、前からわたしにその気があった。必ず、わたしに挑んで来るって、自信があったもの。果たして、姫島は飛びかかって来たわ。わたしは抵抗すると見せて、結局は征服される。そのことを、峰岸父子に打ち明ける。あの父子は、それを知って堪忍袋の緒を切る。父子は、姫島を殺す。わたしは、そう読んだのよ。そしてすべて、わたしの筋書通りにいったんじゃないの」

「その計画を事前に、わたしがおまえから聞いていたなんて、疑ってみるものもいないだろうな」

「絶対よ」

「われわれは何も手を汚さない。すべては、峰岸父子が片づけてくれた。あとは時期を待って、わたしとおまえが結婚するだけだ」

「あの峰岸父子は、どうかしているのよ。馬鹿よ、時代遅れもいいところだわ。いまさら父のために復讐したからといって、いったいどんな得があるというのかしら。わたしは、姫島を殺すだけではとても満足できなかったわ。大金と豊かな生活が、プラスされなければ意味がないものね。だから、あなたが早いところ社長に昇格できるよう、わたしは協力したつもりよ」

「まるで、そのためにわたしを利用したみたいじゃないか」

「そんなことないわよ。同じ男だって、ただ若いだけでは意味がないわ。お金があって、頼もしくて、夜を充実させてくれる。そういう男だからわたしはあなたを愛したんだわ」

「これで何もかも終わったような気がしたが、あと一つだけ問題があった」

「どんなこと?」

「朝日奈さ。朝日奈は、まだ生きている。なんとか、始末をつけなければいけない」

「始末をつけるっていえば、あのミキという女の死体はどうするの?」

「これから車で、葉山まで運ぶ。葉山のヨット・ハーバーに、わたしのモーター・ボートがある。明るくならないうちにモーター・ボートで沖へ運んで、重石《おもし》をつけて海へ沈めてしまうつもりだ」

「考えてみると、あなたって恐ろしい人ね」

「おまえだって、同じじゃないか。バス・ルームにミキの死体があるというのに、おまえはわたしに抱かれて我を忘れるんだからな」

「そんなこと、どうでもいいわ。葉山へ行くなら急がないと……」

　美鈴が立って来て、ガラス戸を閉めた。

　朝日奈とルリ子は、凝然と佇《たたず》んでいた。一種の虚脱状態であった。想像も及ばないようなものを、いきなり眼の前に突きつけられたような気分だった。矢ノ倉と美鈴が、最初からの事件の計画者であったことは、朝日奈も考えてはいなかった。

美鈴という女の悪辣さが、不気味にさえ感じられた。どうしていいのかわからないような、気持にされるのだった。

「警察へ行きましょう」

やがて、思い出したようにルリ子が言った。

二人はベランダから、地上へ降りる行動を開始した。ベランダへ上がる時よりも、容易ではなかった。二人がオペルに乗り込んだ時、大型乗用車が表の通りを走り過ぎて行った。それが矢ノ倉たちの車であるかどうかは、見定めることができなかった。しかし、いずれにせよ、彼らはすでに葉山へ向かったのに違いない。ベランダで虚脱状態にいた時間が長すぎたのであった。

オペルは、バックで表通りへ出た。所轄署がどこにあるのか、見当もつかない。ルリ子は青梅街道の方向へ、なんとなく車を走らせた。朝日奈がふと思いついたようにメモ用紙に字を書き込んだ。彼はそれを、ハンドルの上に置いた。

『警察へ行くのはよそう。おれ自身の手で、あの二人をなんとかしたい……』

ルリ子は小声でメモ用紙に書いてあることを読んだ。

次の瞬間、彼女はハッとした顔になった。車のスピードを増した。何やら、ルリ子には思いついたことがあるらしい。彼女は広い通りに出ると、車をターンさせた。あとは全速で、南へ向かった。

朝日奈は、オペルで矢ノ倉たちのあとを追うものと考えていた。だが、ルリ子は、甲州街道を右折したのだった。朝日奈にとっては、なつかしい道であった。調布飛行場への往復に、必ず通ったからである。暫くして、彼は目を瞠《みは》った。

調布市の中心部を抜けて、オペルは明らかに調布飛行場に向かっているからだった。無人の飛行場には、誘導ランプも点いていなかった。深夜に発着する飛行機はないし、管制塔でも当直員が起きているだけである。

ルリ子はオペルを、飛行場の中へ乗り入れた。そのまま、飛行場の隅へ突っ走った。そこには、軽飛行機が一機翼を休めていた。セスナ一八〇だった。基本価格八百八十五万円ときいている。二人は車を降りて、セスナ一八〇に近づいた。

「これ、あなたのものよ」

ルリ子が、こともなげに言った。

朝日奈は、呆然となった。

「この前、行先もいわずに買物に行ったでしょ。その時の買物が、これだったの。知っている人が持っていた中古品だけど、強引に譲って貰ったのよ」

ルリ子が、朝日奈の右手を摑んだ。朝日奈の眼が異様に輝いていた。自分のものであろうとなかろうと、そんなことはどうでもいい。眼の前に飛行機があって、それに乗ることができる。それだけで、彼は生き返ったのであった。

二人は、操縦席に乗り込んだ。ルリ子が、イグニッション・キーを取り出した。朝日奈は燃料計を確かめた。充分である。ルリ子から受け取ったイグニッション・キーを差し込んで、回転させた。エンジンがかかった。やっていることは、明らかに法律違反であった。フライト・プランも出していない。飛行許可も取っていない。管制塔に無断で深夜の飛行場を飛び立つのであった。

それ以前に、朝日奈はパイロットとしての資格を失っている。だが、今はそんなことを考えている二人ではなかった。セスナ一八〇は、滑走路の端へ出た。滑走を始めた。

離陸距離三八七メートルを走って、機体は宙に浮いた。セスナ機は、上昇を続けた。朝日奈にとって相模湾へ出ることは、眼を瞑っていてもできるほど容易なことだった。

隣でルリ子が、やや不安そうな顔でいた。東の空は、完全に白みかけていた。間もなく、前方に海が見えた。夜明の海は、白い羊皮という感じであった。相模湾の海岸線が、眼下を過ぎていった。

朝日奈は、徐々に高度を落とした。沖に漁船らしき船影が点在していたが、陸地に近い海上にはなにもなかった。三十分程旋回を続けているうちに葉山のヨット・ハーバーから一隻のモーター・ボートが発進して来た。白い線を残していくので、見失う心配はなかった。

朝日奈は思い切って機首を下げ、海上へ向けて突っ込んだ。海面とモーター・ボートが凄まじい速さで眼前に迫って来た。モーター・ボートには、男と女が乗っていた。男が、操縦していた。女が驚いたように空を見上げた。間違いなく、美鈴であった。一度は機首を上げ上昇してから、セスナ一八〇は再び急降下の体勢をとった。

海面から二十メートルの高さまで、セスナ一八〇は突っ込んだ。今度は矢ノ倉も飛行機を振り仰いだ。周章《あわ》てている様子が、はっきりとわかった。

水平飛行に移って、セスナ一八〇はゆっくりと旋回した。モーター・ボートが、進む方向を変えた。猛烈にスピードを上げている。しかし、飛行機には遠く及ばなかった。セスナ一八〇は、旋回しながらその後を追った。油壷へ、近づきつつあった。

朝日奈は、もう一度突っ込んでみることにした。今度は海面すれすれに飛んだ。矢ノ倉と美鈴が、揃って振り返った。そのモーター・ボートの前方に、岩礁があった。セスナ一八〇が機首を上げるのと、モーター・ボートが岩礁に衝突するのと殆ど同時であった。

モーター・ボートは宙に舞い上がり、二度三度と叩きつけるように海面へ落ちた。

「やった！」

そう小さく叫んでから、朝日奈ははっとなった。ルリ子も怪訝《けげん》そうな顔で、彼の顔を覗き込んだ。口がきけたのである。だが、それ以上何かを言おうとしても、やはり言葉にはならなかった。

朝日奈はルリ子に顔を向けて、首を振ってみせた。

「でも、喋れたのよ。失語症も、きっと治るわ」

ルリ子が初めて、明るい笑顔になった。しかし、笑いながら彼女は、涙ぐんでいた。喋れなくてもいい。こうして、飛行機に乗っていられるならばと、朝日奈は思った。彼は、機首を海の沖へ向けた。どこまでも、飛んで行け。朝日奈は明るくなった空と海に向けて、胸の中でそう叫んでいた。

彼はすでに、無表情であった。その無表情な彼の口から、ハミングが洩れた。あいかわらず孤独な男の、調子っぱずれの唄であった。

この作品は1980年12月徳間文庫より刊行されたものの新装版です。

本作品はフィクションであり実在の個人・団体などとは一切関係がありません。

なお、本作品中に今日では好ましくない表現がありますが、著者が故人であること、および作品の時代背景を考慮し、そのままといたしました。なにとぞご理解のほど、お願い申し上げます。

（編集部）

徳間文庫

沈黙《ちんもく》の追跡者《ついせきしゃ》

〈新装版〉

2020年8月15日 初刷

著者 笹《ささ》沢《ざわ》左《さ》保《ほ》

発行者 小宮英行

発行所 株式会社徳間書店

東京都品川区上大崎三-一-一 〒141-8202
目黒セントラルスクエア

電話 編集〇三(五四〇三)四三四九
販売〇四九(二九三)五五二一

振替 〇〇一四〇-〇-四四三九二

印刷
製本 大日本印刷株式会社

ISBN978-4-19-894579-4 (乱丁、落丁本はお取りかえいたします)